NÃO FICA CLARO, CAMARADAS, QUE TODOS OS MALES DESTA NOSSA VIDA TÊM ORIGEM NA TIRANIA DOS SERES HUMANOS?

Todos os direitos reservados
Copyright © 2021 by Editora Pandorga

Direção Editorial
Silvia Vasconcelos

Produção Editorial
Equipe Editora Pandorga

Tradução
Maurício Macedo

Revisão
Raquel Guets

Capa e Projeto Gráfico
Lumiar Design

TEXTO DE ACORDO COM AS NORMAS DO NOVO ACORDO ORTOGRÁFICO DA LÍNGUA PORTUGUESA
(DECRETO LEGISLATIVO Nº 54, DE 1995)

DADOS INTERNACIONAIS DE CATALOGAÇÃO NA PUBLICAÇÃO (CIP)
Elaborado por Vagner Rodolfo da Silva - CRB-8/9410

O79r	Orwell, George
	A revolução dos bichos / George Orwell ; traduzido por Maurício Macedo. - Cotia, SP : Editora Pandorga, 2021.
	168 p. : il. ; 14cm x 21cm.
	Inclui bibliografia e índice. ISBN: 978-65-5579-064-1
	1. Literatura inglesa. 2. Fábula política. I. Macedo, Maurício. II. Título.
2020-3131	CDD 823 CDU 821.111

Índice para catálogo sistemático:
1. Literatura inglesa 823
2. Literatura inglesa 821.111

2021
IMPRESSO NO BRASIL
PRINTED IN BRAZIL
DIREITOS CEDIDOS PARA ESTA EDIÇÃO À
EDITORA PANDORGA
AVENIDA SÃO CAMILO, 899
CEP 06709-150 - GRANJA VIANA - COTIA - SP
TEL. (11) 4612-6404

www.editorapandorga.com.br

GEORGE ORWELL

A REVOLUÇÃO DOS BICHOS

SUMÁRIO

APRESENTAÇÃO .... (11)

A REVOLUÇÃO DOS BICHOS
1 .... (17)
2 .... (29)
3 .... (41)
4 .... (53)
5 .... (63)
6 .... (79)
7 .... (93)
8 .... (111)
9 .... (131)
10 .... (149)

O AUTOR .... (165)

Apresentação

"O Sr. Jones, da Fazenda do Solar, já trancara o galinheiro para a noite, mas estava embriagado demais para se lembrar de fechar as portinholas."

Com essas palavras simples, George Orwell inicia a narrativa de *A revolução dos bichos* (em inglês, "*Animal Farm*"). Publicada pela primeira vez na Inglaterra, em 17 de agosto de 1945, trata-se de um romance alegórico/satírico, uma fábula distópica na qual um grupo de animais revolucionários toma o poder dos donos humanos de uma fazenda e planeja estabelecer um regime igualitário e justo no local. O senso de justiça e igualdade, entretanto, é ameaçado por uma dupla de porcos totalitários: concluindo que "todos os animais são iguais, mas alguns animais são mais iguais do que outros", os porcos formam uma ditadura ainda mais opressora e cruel do que a de seus ex-mestres humanos.

Ainda que tenha escrito o livro entre fins de 1943 e 1944, Orwell, cujo verdadeiro nome era Eric Arthur Blair, encontrou grande dificuldade inicialmente para publicá-lo. O que a um olhar desatento pode parecer uma história infantil inofensiva, é, a verdade, uma pesada crítica social, uma sátira dura e sombria de acusação contra as práticas do ditador Joseph Stalin e da própria história da União Soviética.

Orwell fora combatente na Guerra civil Espanhola, quando conheceu de perto as práticas terríveis propagadas pelo exército soviético de Stálin. Ele percebeu, então, que o regime sanguinário e totalitário que tinha em frente aos seus olhos nada tinha a ver com o socialismo democrático que acreditava. A fábula distópica, portanto, surge após Orwell refletir que o ser humano é capaz de domar e comandar animais pelo fato de que eles, apesar de mais fortes, não têm consciência de que estão sendo dominados e que algo parecido acontecia na relação entre patrões e proletariado.

Classifica-se *A revolução dos bichos* como fábula porque ela usa personagens animais para fazer um argumento conciso e vigoroso sobre a moralidade humana e a política.

Ao longo da história europeia, escritores de Esopo a Jean de la Fontaine usaram fábulas de animais como uma forma de criticar suas próprias sociedades sob o disfarce de uma história "inofensiva" sobre animais. Por trás de aparentemente simples e inocentes histórias sobre sapos, ratos e gansos, há sempre uma forte lição de moral aplicável à vida diária. Da mesma forma, *A revolução dos bichos* critica não apenas o totalitarismo soviético, como também a sociedade inglesa da época de Orwell.

A obra está cheia de referências e alusões, como ao Manifesto Comunista de Karl Marx, um panfleto publicado em 1848 que conclamava os trabalhadores do mundo a se unirem para derrubar os capitalistas e tomar os meios de produção, à Revolução Russa de 1917, ao proletariado, à bandeira do martelo e foice adotada pelos comunistas após a Revolução, que se tornou a bandeira da União Soviética e à inúmeras referências menores.

Além das referências, *A revolução dos bichos* está repleta de canções, poemas e slogans, que servem como propaganda, um dos principais canais de controle social. As canções também corroem o senso de individualidade dos animais e os mantêm focados nas tarefas pelas quais eles supostamente alcançarão a liberdade. Prêmios militares, grandes desfiles e novas canções proliferam enquanto o estado tenta reforçar a lealdade dos animais. A crescente frequência dos rituais indica a crescente dependência da classe trabalhadora com a dominante para definir sua identidade e valores de grupo.

Apesar de ter sido escrito nos últimos anos da Segunda Guerra Mundial, a obra de Orwell, assim como *1984*, parece ficar assustadoramente cada vez mais atual.

A REVOLUÇÃO DOS BICHOS

1

O Sr. Jones, da Fazenda do Solar, já trancara o galinheiro para a noite, mas estava embriagado demais para se lembrar de fechar as portinholas. Com o facho de luz do lampião dançando de um lado para o outro, cruzou cambaleando o pátio, descalçou aos chutes as botas diante da porta dos fundos, serviu-se de um último copo de cerveja do barril na copa e seguiu para a cama, onde a Sra. Jones já estava roncando.

Assim que as luzes do quarto se apagaram, uma agitação se espalhou pelos galpões da fazenda. Durante todo o dia, rumores circularam de que o velho Major, o porco premiado, havia tido um sonho estranho na noite anterior e desejava compartilhá-lo com os outros animais. Fora combinado que todos se reuniriam no grande celeiro assim que o Sr. Jones estivesse devidamente fora do caminho. O velho Major (sempre assim chamado, embora o nome com que era apresentado nas exposições fosse "o Belo de Willingdon") era tão estimado na fazenda que todos estavam dispostos a perder uma hora de sono para escutar o que ele tinha a dizer.

Em um dos extremos do celeiro, em uma espécie de plataforma elevada, o Major já estava acomodado no seu leito de feno, debaixo de um lampião que pendia de uma viga. Ele tinha doze anos de idade, e encorpara um bocado recentemente, todavia, ainda era um porco de aparência majestosa, com um ar de sabedoria e benevolência, a despeito do fato de que as presas jamais haviam sido aparadas. Não demorou muito para os outros animais começarem a chegar e para se acomodarem, cada qual do seu próprio jeito. Primeiro vieram os três cães, Branca, Lulu e Cata-Vento, e, depois, os porcos, que se acomodaram no feno diante da plataforma. As galinhas se empoleiraram nos parapeitos das janelas, os pombos voaram até as vigas do teto, as ovelhas e as vacas se deitaram atrás dos porcos, onde se puseram a ruminar. Os dois cavalos de tração, Sansão e Quitéria, entraram juntos, avançando bem lentamente e pousando os grandes cascos cabeludos no chão com enorme cuidado, receosos de haver algum animal pequeno escondido sob o feno. Quitéria era uma corpulenta égua de meia-idade, do tipo maternal, que jamais recuperara a antiga forma após o seu quarto cria. Sansão era um animal enorme, com quase dois metros de altura, mais forte do que dois cavalos comuns juntos. Uma mancha branca lhe descia o focinho, dando-lhe um ar de estúpido, e, de fato, não era lá o mais inteligente dos animais, todavia era universalmente respeitado por sua fibra moral e pela sua tremenda capacidade de trabalho. Depois dos cavalos vieram Maricota, a cabra branca, e Benjamim, o burro. Benjamim era o animal mais velho da fazenda, e aquele com o pior gênio. Raramente falava; contudo, quando o fazia, em geral era para emitir algum comentário cínico. Por exemplo, costumava dizer que Deus lhe dera uma cauda para espantar as moscas, mas que preferiria não ter cauda e nem moscas. Era o único animal na fazenda que não ria. Quando perguntado, dizia que não tinha nada de que rir. Ainda assim, mesmo sem admitir abertamente, era leal ao Sansão. Era comum para os dois passarem os domingos juntos no cercado depois do pomar, pastando lado a lado, jamais trocando uma só palavra.

    Os dois cavalos mal haviam acabado de se acomodar, quando uma ninhada de patinhos órfãos adentrou o celeiro, grasnando baixinho e perambulando de um lado para o outro até encontrar um canto onde não corressem o risco de ser pisoteados. Quitéria os cercou com as patas dianteiras, e os patinhos, sentindo-se protegidos, não tardaram a cair no sono. No último instante, Mimosa, a égua branca fútil e vaidosa que puxava a charrete do Sr. Jones, entrou graciosamente no celeiro, mastigando um torrão de açúcar. Ela postou-se diante do palanque e começou a jogar a crina branca de um lado para o outro, na esperança de chamar atenção para os laços de fita vermelha presos a ela. Por fim, chegou a gata, que, como de costume, procurou o lugar mais quentinho, antes de se encaixar entre Sansão e Quitéria, onde ficou alegremente ronronando durante todo o discurso do Major, sem escutar uma única palavra do que estava sendo dito.

Todos os animais estavam agora presentes, exceto Moisés, o corvo domesticado que dormia em um poleiro atrás da porta dos fundos. Quando o Major constatou que todos já haviam se acomodado e estavam aguardando atentamente, ele pigarreou e começou:

— Camaradas, com certeza, já souberam do estranho sonho que tive ontem à noite. Mas, tocaremos nesse assunto mais tarde. Primeiro tenho algo a dizer. Não creio, camaradas, que permanecerei entre vocês por mais muitos meses, e antes de eu morrer, sinto que é meu dever compartilhar com vocês a sabedoria que adquiri. Eu tive uma vida longa, com muito tempo para contemplações, sozinho na minha baia, e acho que posso afirmar que entendo, tanto quanto qualquer outro animal vivo, a natureza da vida nesse planeta. É sobre isso que quero falar com vocês.

"Mas, qual é a natureza desta nossa vida, camaradas? Não há como negar, nossas vidas são sofridas, laboriosas e breves. Nós nascemos, recebemos apenas comida o suficiente para continuarmos respirando, e aqueles de nós que são capazes são forçados a trabalhar até o último vestígio das forças. E, no instante em que nossa utilidade chega ao fim, somos abatidos com terrível crueldade. Nenhum animal na Inglaterra conhece o significado de felicidade, nem de ócio, após completar um ano de idade. Nenhum animal na Inglaterra é livre. A vida de um animal é sofrimento e escravidão, e essa é a verdade.

"Mas isso é simplesmente a ordem natural das coisas? Seria porque esta nossa terra é tão pobre que não consegue oferecer uma vida decente para aqueles que a habitam? Não, camaradas, mil vezes não! O solo da Inglaterra é fértil, o clima é bom, ela é capaz de oferecer comida em abundância para um número imensamente maior de animais do que agora a habitam. Essa nossa única fazenda é capaz de sustentar uma dúzia de cavalos, vinte vacas, centenas de ovelhas, todos vivendo com um conforto e uma dignidade que atualmente estão além da nossa imaginação. Sendo assim, por que continuamos nessa condição miserável? Porque quase a totalidade do produto do nosso trabalho é roubado de nós pelos seres humanos. Aí está, camaradas, a resposta de todos os nossos problemas. Ela se resume a uma única palavra... Homem. O Homem é o nosso real inimigo. Tire o Homem de cena, e a causa básica de nossa fome e do nosso excesso de trabalho será eliminada para sempre.

"O Homem é a única criatura que consome sem produzir. Ele não dá leite, não põe ovos, é fraco demais para puxar o arado, não é rápido o suficiente para pegar coelhos. No entanto, é o senhor de todos os animais. Ele os põe para trabalhar, e, em troca, dá-lhes o mínimo possível para evitar que morram de fome, ficando com o restante para si. Nosso trabalho cultiva o solo, nossas fezes o fertilizam, e, no entanto, nenhum de nós é dono de mais do que a própria pele. As vacas, aqui diante de mim, quantos milhares de litros de leite deram durante o último ano? E o que houve com o leite que deveria ter sido consumido pelos bezerros, para crescerem fortes e saudáveis? Cada gota dele escorreu pelas gargantas de nossos inimigos. E as galinhas, quantos ovos puseram no último ano, e quantos desses ovos puderam chocar até se tornarem pintinhos? Todo o resto foi para o mercado, para dar dinheiro a Jones e aos homens dele. E você, Quitéria, onde estão os quatro potros que pariu, que deveriam lhe proporcionar apoio e satisfação na velhice? Cada um deles foi vendido quando completou um ano de idade, e você jamais voltará a vê-los. Em troca dos seus quatro partos e de todo o seu trabalho nos campos, o que você recebeu além das simples rações diárias e de uma baia?

"E sequer temos direito à extensão natural das vidas miseráveis que levamos. Não reclamo por mim, pois sou um dos afortunados. Tenho doze anos de idade e já tive mais de quatrocentos filhos. Assim é a vida natural de um porco. Mas nenhum animal escapa do facão cruel no final. Vocês, porquinhos jovens aqui diante de mim, cada um de vocês se esgoelará ao chegar no fim da vida, sob o cutelo, em menos de um ano. Todos temos de enfrentar esse horror... Vacas, porcos, galinhas, ovelhas. Todos. Mesmo os cavalos e os cães não têm um destino melhor. Você, Sansão, no dia em que seus poderosos músculos perderem as forças, Jones o venderá para o açougueiro que lhe cortará a garganta e o esquartejará para dar aos perdigueiros. Quanto aos cães, quando ficam velhos e desdentados, Jones amarra um tijolo no pescoço deles, e os afoga no lago mais próximo.

"Não fica claro, camaradas, de que todos os males desta nossa vida têm origem na tirania dos seres humanos? Basta nos livrarmos do Homem, e o produto do nosso trabalho será nosso. Da noite para o dia, poderíamos nos tornar ricos e livres. O que devemos fazer, então? Ora, trabalhar dia e noite, de corpo e alma, pela derrubada da raça humana! Esta é a minha mensagem para vocês, camaradas. Revolução! Não sei quando tal revolução virá, poderá ser em uma semana ou em cem anos, mas eu sei, com a certeza com que vejo o feno debaixo das minhas patas, que mais cedo ou mais tarde a justiça será feita. Não tirem os olhos desse objetivo, camaradas, durante a breve vida que lhes resta! E, acima de tudo, repassem a minha mensagem para aqueles que virão depois de vocês, para que as futuras gerações possam levar adiante a luta até que esta seja vitoriosa.

"E não se esqueçam, camaradas, sua determinação jamais deverá esmorecer. Nenhum argumento deve desmotivá-los. Nunca deem ouvidos quando lhes disserem que o Homem e os bichos têm interesse comum, que a prosperidade de um significa a prosperidade dos outros. É tudo mentira. O Homem serve apenas aos interesses dele mesmo. De mais ninguém. E é necessário que haja absoluta união entre nós animais, absoluta camaradagem na luta. Todos os homens são inimigos. Todos os animais são camaradas."

Houve um tremendo alvoroço nesse instante. Enquanto o Major estava discursando, quatro ratos haviam saído de seus buracos e estavam sentados apoiados nas patas traseiras, escutando-o. Os cães os haviam avistado subitamente, e os ratos só conseguiram salvar as próprias vidas retornando rapidamente para os buracos. O Major ergueu a pata, pedindo silêncio.

— Camaradas — falou —, aqui está uma questão que precisa ser resolvida. As criaturas selvagens, como os ratos e os coelhos, são amigos ou inimigos? Vamos decidir no voto. Levanto essa dúvida para a assembleia. Os ratos são nossos camaradas?

Os votos foram imediatamente contabilizados, e ficou decidido por uma maioria esmagadora que os ratos eram camaradas. Houve apenas quatro dissidentes, os três cães e a gata, que, mais tarde foi revelado, votou para ambos os lados. O Major prosseguiu:

— Não tenho muito mais a dizer. Apenas repito, jamais se esqueçam do seu dever de inimizade para com o Homem e todas as suas práticas. O que quer que ande sobre duas pernas é um inimigo. O que quer que ande sobre quatro pernas, ou tenha asas, é um amigo. E também não se esqueçam que, ao lutar contra o Homem, jamais devemos imitá-lo. Mesmo após tê-lo conquistado, não adotem os vícios dele. Nenhum animal deve morar em uma casa, nem dormir em uma cama, nem usar roupas, nem beber álcool, nem fumar tabaco, nem tocar em dinheiro, nem fazer comércio. Todos os hábitos do Homem são maléficos. E, acima de tudo, nenhum animal deverá tiranizar a própria espécie. Fraco ou forte, inteligente ou simplório, somos todos irmãos. Nenhum animal deverá matar outro animal. Todos os animais são iguais.

"E, agora, camaradas, vou falar sobre o meu sonho da noite passada. Não consigo descrever o sonho. Foi o sonho de como o planeta será quando o Homem houver desaparecido. Mas ele me lembrou de algo que há muito eu havia esquecido. Muitos anos atrás, quando eu não passava de um leitãozinho, minha mãe e as outras porcas costumavam cantar uma velha canção da qual conheciam apenas a melodia e as primeiras três palavras. Eu conhecia a melodia na minha infância, mas ela há muito caíra no esquecimento. Todavia, na noite passada, ela me veio à cabeça em um sonho. E não foi só isso: os versos da música também retornaram, palavras que tenho certeza de que eram cantadas pelos animais do passado distante, que por gerações haviam se perdido. Eu agora cantarei essa canção, camaradas. Sou velho, e minha voz é rouca, mas, quando eu lhes tiver ensinado a canção, poderão cantá-la melhor por si mesmos. Ela é chamada 'Bichos da Inglaterra.'"

O velho Major pigarreou e começou a cantar. Como ele dissera, sua voz era rouca, mas ele não cantava mal, e era uma melodia animada, algo entre "Clementine" e "La Cucaracha." A letra dizia:

> *Bichos da Inglaterra, bichos da Irlanda,*
> *Bichos daqui e de acolá,*
> *Escutem as notícias alegres*
> *De um tempo que ainda virá.*
>
> *Em breve o dia chegará,*
> *Em que o tirano cairá,*
> *E os campos frutíferos da Inglaterra*
> *Apenas aos bichos pertencerão.*

Argolas de nossos narizes desaparecerão,
Assim como os arreios de nossos dorsos,
Grilhões para sempre enferrujarão,
E chicotes não mais nos açoitarão.

Riquezas além dos sonhos,
Trigo e cevada, aveia e muito grão,
Feijão, pastos e feno,
A nós apenas pertencerão.

O sol brilhará sobre a Inglaterra,
Nos rios apenas água pura,
A brisa doce soprará,
E a liberdade reinará.

Batalhemos por esse dia,
Mesmo que nos custe a vida.
Vacas e cavalos, gansos e perus,
Todos na mesma causa unida.

Bichos da Inglaterra, bichos da Irlanda,
Bichos daqui e de acolá,
Escutem as notícias alegres
De um tempo que ainda virá.

Diante da canção, os animais foram tomados de extrema empolgação. Mesmo antes do Major chegar ao final, já haviam começado eles mesmos a cantar. Mesmo o mais lerdo deles já conseguia acompanhar a melodia e algumas das palavras, e, quanto aos mais inteligentes, como os porcos e os cães, em poucos minutos sabiam de cor a canção. E então, após algumas tentativas preliminares, a fazenda inteira entoou em retumbante uníssono "Bichos da Inglaterra". As vacas a mugiram, os cães a ganiram, as ovelhas a baliram, os cavalos a relincharam, os patos a grasnaram. Ficaram tão maravilhados com a música que a cantaram do início ao fim cinco vezes seguidas. E poderiam ter continuado a cantar, se não tivessem sido interrompidos.

Infelizmente, o alvoroço acordou o Sr. Jones, que saltou da cama para se certificar de que não havia uma raposa no pátio. Pegou a espingarda que estava sempre de prontidão no canto do quarto e disparou uma carga de chumbo grosso na escuridão. Os projéteis se cravaram na parede externa do celeiro, dispersando rapidamente a assembleia. Todos fugiram para os seus respectivos lugares de dormir. Os pássaros saltaram para os seus poleiros, os animais se acomodaram no feno, e, em questão de instantes, a fazenda toda estava adormecida.

2

Três noites mais tarde, o velho Major morreu tranquilamente enquanto dormia. Seu corpo foi enterrado em um canto do pomar.

Isso foi no início de março. Durante os três meses seguintes, houve muita atividade em segredo. O discurso do Major concedera uma perspectiva de vida totalmente nova para os animais mais inteligentes. Não sabiam quando a Revolução prevista pelo Major ocorreria, não havia motivo para acreditar que fosse durante a vida deles, mas era evidente para todos que era o seu dever se prepararem para ela. O trabalho de ensinar e de organizar os outros naturalmente recaiu sobre os porcos, que, de um modo geral, eram reconhecidos como sendo os mais inteligentes dos animais. Dois jovens porcos chamados Bola-de-Neve e Napoleão, que o Sr. Jones estava criando para vender, destacavam-se em meio aos demais. Napoleão era um varrão de Berkshire grande, de aparência feroz, o único Berkshire em toda a fazenda; um pouco taciturno, mas com a reputação de sempre conseguir o que queria. Bola-de-Neve era um porco mais vivaz do que Napoleão, de fala mais rápida e mais engenhoso, todavia não gozava de igual reputação em se tratando de solidez do caráter. Os demais porcos machos da fazenda eram castrados. O mais conhecido deles era um porquinho gorducho chamado Garganta, com bochechas arredondadas, olhos brilhantes, movimentos ágeis e uma voz estridente. Era brilhante no uso das palavras, e quando estava argumentando uma questão difícil, ficava saltitando de um lado para o outro e agitando o rabo, o que provava ser muito persuasivo. Diziam que Garganta era capaz transformar preto em branco.

    Os três haviam transformado os ensinamentos do Major em um sistema de pensamento completo que chamaram de Animalismo. Várias noites por semana, após o Sr. Jones ter ido dormir, aconteciam assembleias no celeiro, onde os princípios do Animalismo eram expostos para os outros animais. No início, foram recebidos com estupidez e apatia. Alguns dos animais falavam do dever de lealdade para com o Sr. Jones, a quem se referiam como o "dono", ou faziam comentários elementares como "O Sr. Jones nos alimenta. Se ele desaparecesse, morreríamos de fome". Outros faziam perguntas como: "Por que deveríamos ligar para o que possa acontecer depois que morrermos?" ou "Se a Revolução vai acontecer de qualquer forma, que diferença faz se batalharmos ou não por ela?", e os porcos tinham grande dificuldade para mostrar que tudo isso ia na contramão do espírito do Animalismo. As perguntas mais idiotas eram sempre feitas por Mimosa, a égua branca. A primeira pergunta que ela fez para Bola-de-Neve foi:

— Ainda haverá açúcar após a Revolução?

— Não — respondeu com firmeza Bola-de-Neve. — Não temos como fabricar açúcar nesta fazenda. Além do mais, você não precisará de açúcar. Terá toda a aveia e todo o feno que desejar.

— E ainda vou poder usar fitas na minha crina?

— Camarada — disse Bola-de-Neve —, aquelas fitas de que tanto se orgulha são um símbolo da sua escravidão. Será que não entende que a liberdade vale mais do que algumas fitas?

Mimosa concordou, mas não parecia muito convencida.

Os porcos tiveram ainda mais trabalho para combater as mentiras espalhadas por Moisés, o corvo domesticado. Moisés, que era o bichinho de estimação especial do Sr. Jones, era um espião e mexeriqueiro, mas também sabia ser bom de conversa. Ele alegava saber da existência de uma terra misteriosa chamada Montanha de Açúcar-Cande, para onde todos os animais iam após a morte. Esta ficava em algum lugar no céu, um pouco além das nuvens, de acordo com Moisés. Na Montanha de Açúcar-Cande era domingo sete dias na semana, trevos floresciam durante todo o ano, e das sebes brotavam torrões de açúcar e bolo de linhaça. Moisés era odiado pelos animais por contar histórias e nunca trabalhar, mas alguns deles acreditavam na Montanha de Açúcar-Cande, e os porcos tinham de se esforçar um bocado para convencê-los da inexistência de tal lugar.

Os discípulos mais fiéis eram os dois cavalos de tração, Sansão e Quitéria. Não era fácil para os dois chegarem a conclusões por si mesmos, mas, uma vez tendo aceitado os porcos como seus professores, absorviam quase tudo que lhes era contado, e eram capazes de passar isso aos outros animais com argumentos simples. Jamais estavam ausentes de uma das assembleias secretas no celeiro, e sempre puxavam a cantoria de "Bichos da Inglaterra" ao final de cada reunião.

No final das contas, a Revolução foi alcançada muito antes do que qualquer um esperara. Em anos passados, o Sr. Jones, embora um patrão duro, sempre se mostrara um fazendeiro competente; todavia, agora, estava em plena decadência. Ele ficara bastante desanimado após perder dinheiro em uma ação civil, e vinha abusando da bebida. Durante dias, ficava largado na sua cadeira na cozinha, lendo jornais, bebendo, e, de vez em quando, alimentando Moisés com pedaços de casca de pão embebidos na cerveja. Seus funcionários eram preguiçosos e mentirosos, os campos estavam repletos de ervas daninhas, faltava manutenção aos telhados dos galpões, as cercas-vivas estavam sendo negligenciadas, e os animais não estavam sendo devidamente alimentados.

Junho chegou e o feno estava quase pronto para o corte. Na véspera do solstício de verão, que caiu em um sábado, o Sr. Jones foi até Willingdon e bebeu tanto no Leão Vermelho que só voltou para casa quase na metade do domingo. Os homens haviam ordenhado as vacas no início do dia, e, depois, foram caçar coelhos, sem se dar ao trabalho de alimentar os animais. Ao voltar para casa, o Sr. Jones adormeceu direto no sofá da sala de estar com o *News of the World* lhe cobrindo o rosto, de modo que, quando a noite chegou, os animais ainda não haviam sido alimentados. Por fim, chegaram ao limite. Uma das vacas derrubou com os chifres a porta do barracão que servia de depósito, e todos os animais avançaram nos alimentos nos silos. Foi quando o Sr. Jones acordou. No instante seguinte, ele e quatro funcionários apareceram no barracão com chicotes nas mãos, dando chibatadas a esmo. Foi mais do que os animais famintos conseguiram suportar. Em um acordo, embora nada houvesse sido planejado com antecedência, eles avançaram sobre os algozes. Quando se deram conta, o Sr. Jones e os quatro homens estavam recebendo cabeçadas e coices de tudo quanto era lado. A situação fugiu completamente ao controle. Os homens jamais haviam visto os animais se portarem daquele jeito, e a súbita insurreição de criaturas que estavam acostumados a maltratar e a agredir à vontade os deixou apavorados. Levou alguns instantes para desistirem de tentar se defender e para correrem em retirada. No minuto seguinte, os cinco homens estavam correndo em disparada pela trilha que levava à estrada principal, com os animais vindo triunfantemente no seu encalço.

A Sra. Jones olhou para fora da janela do quarto de dormir, viu o que estava acontecendo, encheu uma bolsa de viagens com alguns itens pessoais, e fugiu da fazenda por outro caminho. Moisés levantou voo de seu poleiro e, corvejando, foi atrás dela. Enquanto isso, os animais haviam perseguido Jones e os funcionários até a beira da estrada, e fecharam o portão de barras ferro atrás deles. E assim, praticamente antes que se dessem conta do que estava acontecendo, a Revolução fora bem-sucedida. Jones fora expulso e a Fazenda do Solar era deles.

Nos primeiros instantes, os animais mal foram capazes de crer na própria sorte. O primeiro ato deles foi galopar em bando ao redor da fazenda, como que para se certificar de que nenhum ser humano estivesse escondido dentro dos limites da propriedade. Depois, correram de volta para os galpões para apagar os últimos vestígios do odiado reinado de Jones. A sala dos arreios nos fundos dos estábulos foi arrombada. Os freios, as argolas de nariz, as correntes para prender os cães, as facas cruéis usadas pelo Sr. Jones para castrar os porcos e os carneiros, tudo foi jogado no fundo do poço. As rédeas, os cabrestos, os antolhos, os degradantes bornais foram jogados na fogueira que ardia no pátio. O mesmo aconteceu com as chibatas. Todos os animais deram saltos de alegria ao ver as chibatas sendo consumidas pelas chamas. Bola-de-Neve também jogou no fogo as fitas que costumavam adornar as caudas e crinas dos cavalos nos dias de feira.

— Fitas — falou —, devem ser consideradas roupas, que são a marca dos seres humanos. Todos os animais devem andar nus.

Ao escutar isso, Sansão pegou o pequeno chapéu de palha que costumava usar no verão para proteger as orelhas dos mosquitos, e o jogou na fogueira com o resto.

Em pouco tempo, os animais destruíram tudo que lembrasse o Sr. Jones. Em seguida, Napoleão os conduziu de volta para o barracão da dispensa e serviu uma dose dupla de ração de milho para todos, com dois biscoitos para cada cão. Depois, cantaram "Bichos da Inglaterra" de cabo a rabo sete vezes, antes de se acomodarem para passar a noite, dormindo como jamais haviam dormido antes.

Acordaram com a alvorada, como de costume, e, lembrando-se do glorioso ocorrido da noite anterior, saíram correndo juntos em direção ao pasto. Quase no meio do pasto havia um morrinho que oferecia uma vista da maior parte da fazenda. Os animais correram para o seu topo e, sob a luz brilhante da manhã, olharam ao redor. Sim, era tudo deles... Até onde a vista alcançava, deles! Tomados de êxtase, deram cambalhotas de um lado para o outro e saltaram empolgadamente no ar. Rolaram no orvalho, devoraram a doce grama do verão e se deliciaram com o aroma forte da terra escura. Em seguida, inspecionaram a fazenda toda, e, com muda apreciação, passaram os olhos pela lavoura, pelos campos de feno, pelo pomar, pelo lago. Era tudo deles. Foi como se estivessem vendo essas coisas pela primeira vez, e, mesmo agora, mal podiam acreditar que era tudo deles.

Retornaram para os galpões, e se detiveram em silêncio diante da porta da casa principal da fazenda. Esta também lhes pertencia, mas estavam com medo de entrar. Contudo, após um instante, Bola-de-Neve e Napoleão empurraram a porta com as cabeças, abrindo-a, e, em fila indiana, os animais entraram, avançando com extremo cuidado, de modo a não tirar nada do lugar. De mansinho, foram de cômodo em cômodo, com receio de fazer qualquer coisa além de sussurrar e fitar com admiração o luxo inacreditável, as camas, com seus colchões de penas, os espelhos, o sofá de crina, o tapete de Bruxelas, a litografia da rainha Vitória sobre a lareira da sala de estar. Estavam descendo as escadas quando foi notado que a Mimosa desaparecera. Retornando por onde haviam vindo, os outros animais a descobriram em um dos melhores aposentos. Ela pegara uma tira de fita azula da penteadeira da Sra. Jones e a estava segurando de encontro à espádua, admirando-se com futilidade no espelho. Todos trataram de repreendê-la e deixaram a casa. Alguns presuntos foram levados para fora e enterrados e o barril de cerveja na copa foi arrebatado com um coice de Sansão. Com exceção disso, mais nada foi tocado na casa. Por unanimidade, foi decidido que a casa principal da fazenda seria preservada como um museu. Todos concordaram que nenhum animal jamais moraria ali.

Os animais tomaram o café-da-manhã, e mais uma vez foram convocados por Bola-de-Neve e por Napoleão.

— Camaradas — disse Bola-de-Neve —, são seis e meia, e temos um longo dia pela frente. Hoje, começaremos a colheita do feno. Todavia, antes, precisamos resolver uma outra questão.

Os porcos revelaram que, ao longo dos três últimos meses, haviam ensinado a si mesmos a ler e a escrever graças a um velho livro de ortografia que pertencera aos filhos do Sr. Jones e que fora jogado no lixo. Napoleão mandou buscar latas de tinta branca e preta e conduziu todos até o portão de barras de ferro que levava à estrada principal. E então, Bola-de-Neve (pois Bola-de-Neve era quem escrevia melhor) pegou um pincel entre as juntas da pata, cobriu o FAZENDA DO SOLAR que estava escrito acima do portão, e, em seu lugar, pintou FAZENDA DOS BICHOS. De agora em diante, seria esse o nome da fazenda. Em seguida, retornaram para os galpões, onde Bola-de-Neve e Napoleão mandaram buscar uma escada que foi apoiada de encontro à parede dos fundos do grande celeiro. Explicaram que, ao longo dos últimos três meses, os estudos dos porcos haviam conseguido reduzir os princípios do Animalismo a Sete Mandamentos, que agora seriam gravados na parede. Eles formariam uma lei imutável pela qual todos os animais da Fazenda dos Bichos deveriam se guiar pelo resto de suas vidas. Com certa dificuldade (pois não é fácil para um porco se equilibrar nos degraus de uma escada), Bola-de-Neve subiu e se pôs a trabalhar, com Garganta segurando a lata de tinta alguns degraus abaixo dele. Os Mandamentos foram escritos na parede alcatroada, em letras garrafais brancas que poderiam ser lidas de vários metros de distância. Eram os seguintes:

OS SETE MANDAMENTOS

O que quer que ande sobre duas pernas é um inimigo.
O que quer que ande sobre quatro pernas, ou tenha asas, é um amigo.
Nenhum animal deverá usar roupas.
Nenhum animal deverá dormir em uma cama.
Nenhum animal deverá ingerir álcool.
Nenhum animal deverá matar outro animal.
Todos os animais serão iguais.

Estava tudo muito bem escrito. Exceto pela palavra "álcool", que saiu como "àlcol", e por um "S" que saiu desenhado ao contrário, a ortografia estava corretíssima. Bola-de-Neve leu em voz alta para os outros animais, que assentiram todos em sinal de total concordância, e os mais inteligentes na mesma hora começaram a decorar os Mandamentos.

— Agora, camaradas — falou Bola-de-Neve, descartando o pincel —, para os campos de feno! Vamos tornar uma questão de honra fazer a colheita em menos tempo do que Jones e os homens dele jamais teriam conseguido.

Todavia, naquele instante, três vacas, que já há algum tempo pareciam estar irrequietas, começaram a mugir bem alto. Há mais de vinte e quatro horas que não eram ordenhadas, e seus úberes estavam prestes a estourar. Após pensar um pouco, os porcos mandaram buscar baldes, e conseguiram usar as patas para ordenhar as vacas com relativo sucesso. Logo, havia cinco baldes cheios de leite cremoso e espumante sendo encarados com considerável interesse por muitos dos animais.

— O que vai acontecer com todo esse leite? — alguém perguntou.

— Jones, às vezes, misturava um pouco com a nossa ração — informou uma das galinhas.

— Esqueçam o leite, camaradas! — Napoleão exclamou, postando-se diante dos baldes. — Depois cuidaremos disso. A colheita é mais importante. O camarada Bola-de-Neve irá na frente com vocês. Eu os alcançarei em alguns minutos. Adiante, camaradas! O feno os aguarda.

Os animais marcharam até os campos de feno para dar início à colheita, e, à noite, ao retornar, não puderam deixar de notar que o leite desaparecera.

3

Como trabalharam e suaram para ceifar todo aquele feno! Mas seus esforços foram recompensados, pois a colheita foi um sucesso muito além do esperado.

Às vezes, o trabalho era duro, já que as ferramentas haviam sido projetadas para os humanos e não para os animais, sem falar na desvantagem de que nenhum animal era capaz de usar ferramentas que exigissem estar postados sobre as patas traseiras. Mas os porcos, tão inteligentes, eram capazes de encontrar uma maneira de contornar qualquer dificuldade. Quanto aos cavalos, conheciam cada centímetro quadrado dos campos, e, na realidade, entendiam muito mais de ceifar e de passar o ancinho do que Jones e os seus homens. Os porcos, na verdade, não trabalharam, apenas orientaram e supervisionaram os outros. Com o seu conhecimento superior, era mais do que natural que assumissem a liderança. Sansão e Quitéria se atrelavam à ceifeira e à grade do ancinho (freios e rédeas, não eram mais necessários, é claro) e uniformemente marchavam de lá para cá pelo campo, com um porco vindo atrás e gritando: "Puxe, camarada!" ou "Opa, recue, camarada!", conforme necessário. E todos os animais, inclusive os mais modestos, tomaram parte na ceifa e na coleta do feno. Até mesmo os patos e as galinhas labutaram o dia todo debaixo do sol, carregando pequenas quantidades de feno com os bicos. No final das contas, levaram dois dias a menos do que Jones e os seus funcionários costumavam levar para concluir a colheita. Além disso, foi a maior colheita que a fazenda já testemunhara. Nada foi desperdiçado. As galinhas e os patos, com seu olhar aguçado, haviam catado até o último talo. E nenhum animal da fazenda roubara um bocadinho que fosse.

Durante todo o verão, o trabalho na fazenda funcionou com a precisão de um relógio. Os animais jamais sonharam em ser tão felizes. Cada bocado de comida ingerido era como o mais puro dos prazeres, agora que eram verdadeiramente donos da comida que eles mesmos produziam, e esta não era apenas distribuída em pequenas doses por um patrão rancoroso. Com os parasíticos humanos inúteis fora dali, agora havia mais para todos comerem. Por mais inexperientes que os animais fossem, agora também havia mais folgas. Enfrentaram muitas dificuldades. Por exemplo, mais adiante no ano, ao colher o milho, tiveram de pisoteá-lo no estilo antigo, e soprar as cascas para longe, já que a fazenda não possuía uma debulhadora. Mas os porcos, com a sua inteligência, e Sansão, com os seus potentes músculos, sempre encontravam uma solução. Sansão tinha a admiração de todos. Desde a época de Jones, ele sempre trabalhara duro; contudo, agora, parecia três cavalos em um. Havia dias em que todo o trabalho na fazenda parecia depender dele. De manhã até a noite, estava puxando ou empurrando, sempre onde o trabalho era mais difícil. Ele combinara com um dos galos mais jovens para acordá-lo, nas manhãs, meia hora antes dos outros, e fazia trabalho voluntário onde quer que parecesse ser mais necessário, antes de dar início ao dia regular de labuta. Sua resposta para todos os problemas era: "Vou trabalhar ainda mais!", que passou a ser o seu lema pessoal.

Mas todos trabalhavam de acordo com a capacidade individual de cada um. As galinhas e os patos, por exemplo, economizaram cinco alqueires de milho, catando todos os grãos extraviados. Ninguém roubava, ninguém disputava as rações. As discórdias, rusgas e invejas que, em tempos passados, já faziam parte da vida, haviam praticamente desaparecido. Ninguém fugia do trabalho... Bem, quase ninguém. Mimosa, era bem verdade, não era muito boa em acordar com o raiar do dia, e sempre encontrava uma maneira de sair mais cedo, alegando ter uma pedrinha alojada no casco. E o comportamento da gata era deveras peculiar. Logo ficou impossível não notar que sempre que havia trabalho a ser feito, a gata nunca estava por perto. Ela desaparecia por várias horas, retornando apenas na hora das refeições, ou de noite após a conclusão dos trabalhos, como se nada houvesse acontecido. Mas ela sempre oferecia desculpas tão convincentes, e ronronava tão afetuosamente, que era impossível deixar de crer nas suas boas intenções. O velho Benjamim, o burro, parecia não ter mudado nada desde a Revolução. Realizava suas tarefas com a mesma lentidão obstinada dos tempos de Jones, sem jamais se esquivar do trabalho normal, contudo, também sem se oferecer para atribuições adicionais. Não costumava expressar sua opinião sobre a Revolução e seus resultados. Quando perguntado se não era mais feliz agora que Jones se fora, respondia apenas: "Burros possuem vida longa. Nenhum de você já viu um burro morto". Não restava aos outros opção senão se contentar com a resposta enigmática.

Não havia trabalho aos domingos. O café da manhã era servido uma hora mais tarde do que o normal, e, em seguida, era realizada uma cerimônia que invariavelmente se repetia todas as semanas. Primeiro a bandeira era hasteada. Bola-de-Neve encontrou uma velha toalha verde da Sra. Jones na sala dos arreios, e nela pintou um casco e um chifre usando tinta branca. Todo domingo de manhã ela era hasteada no mastro de bandeira no jardim da casa principal. A bandeira era verde, Bola-de-Neve explicou, para representar os campos verdejantes da Inglaterra, enquanto o casco e o chifre representavam a futura República dos Animais que surgiria quando a raça humana enfim houvesse sido derrotada. Após o hasteamento da bandeira, todos os animais marchavam para dentro do grande celeiro, para a assembleia geral, conhecida como a Reunião. Ali era planejado o trabalho da semana vindoura e questões eram apresentadas e debatidas. Eram sempre os porcos que apresentavam as resoluções. Os outros animais compreendiam o processo da votação, mas pareciam incapazes de pensar eles mesmos em resoluções. Bola-de-Neve e Napoleão eram de longe os participantes mais ativos dos debates. Todavia, estava claro que os dois jamais estavam de acordo. Qualquer sugestão que um deles fizesse, era certo que outro estaria em oposição. Até mesmo quando ficou decidido que um cercado atrás do pomar seria reservado para animais que já não se encontrassem mais em condições de trabalhar, algo que ninguém poderia ser contra, houve um debate acalorado sobre qual seria a idade de aposentadoria correta para cada classe de animais. A Reunião sempre era encerrada com a cantoria de "Bichos da Inglaterra", e a tarde ficava livre para recreação.

Os porcos haviam selecionado o depósito de arreios como o seu quartel-general. Ali, todas as noites, eles estudavam forjaria, carpintaria e outras artes necessárias usando os livros trazidos da casa principal. Bola-de-Neve incansavelmente também se ocupava organizando os outros animais no que ele gostava de chamar de Comitês de Animais. Formou um Comitê de Produção de Ovos para as galinhas, a Liga de Caudas Limpas para as vacas, o Comitê de Reeducação dos Camaradas Selvagens (cujo objetivo era domesticar os ratos e os coelhos), O Movimento Em Prol de Lãs Mais Brancas para as ovelhas, e vários outros, além de ministrar aulas de leitura e ortografia. De um modo geral, tais projetos não passaram de fiascos. A tentativa de domesticar os animais selvagens, por exemplo, fracassou quase que de saída. Eles continuaram se portando como antes, e simplesmente tentavam se aproveitar da generosidade com que eram tratados. A gata se juntou ao Comitê de Reeducação, e participou ativamente dele por vários dias. Um dia, ela foi vista sentada no telhado conversando com alguns pardais que estavam se mantendo fora do alcance dela. Ela disse para eles que todos os animais eram agora camaradas, e que qualquer pardal que assim o desejasse poderia vir se empoleirar na pata dela, mas os pardais mantiveram a distância.

Entretanto, as aulas de leitura e ortografia foram um grande sucesso. Com a chegada do outono, quase todos os animais da fazenda estavam alfabetizados. Alguns mais, outros menos.

Quanto aos porcos, já eram capazes de ler e escrever com perfeição. Os cães também aprenderam a ler direitinho, todavia não mostravam interesse em ler nada além dos Sete Mandamentos. Maricota, a cabra, sabia ler um pouco melhor do que os cães, e, às vezes, à noite, lia para os outros trechos de jornais tirados do lixo. Benjamim era capaz de ler tão bem quanto qualquer porco, mas não tinha o hábito de exercitar isso. Falava que, no que lhe dizia respeito, não havia nada que valesse a pena ser lido. Quitéria aprendera todo o alfabeto, mas não conseguia montar as palavras. Já Sansão não conseguia passar da leta D. Com o casco, ele conseguia desenhar A, B, C, D na terra, e depois ficava parado, encarando as letras com as orelhas repuxadas para trás, às vezes sacudindo a cabeça, esforçando-se ao máximo para lembrar o que vinha depois, sem conseguir. Na verdade, em várias ocasiões ele conseguiu aprender E, F, G, H; contudo, quando descobriu que aprendera essas letras, deu-se conta de que já se esquecera do A, B, C e D. Por fim, resolveu se contentar com as quatro primeiras letras, e passou a escrevê-las pelo menos uma ou duas vezes por dia, para refrescar a memória. Mimosa se recusou a aprender qualquer coisa além das letras que compunham o seu próprio nome. Ela costumava delicadamente formá-las usando pedaços de gravetos, e, após decorá-las com uma ou duas flores, ficava a andar ao seu redor, admirando-as.

Nenhum dos outros animais da fazenda conseguiu passar da letra A. Também se chegou à conclusão de que os animais mais estúpidos, como as ovelhas, as galinhas e os patos, não eram capazes de decorar os Sete Mandamentos. Após muito ponderar, Bola-de-Neve declarou que os Sete Mandamentos poderiam ser resumidos em uma máxima. "Quatro pernas bom, duas pernas ruim". Ele afirmou que, contido nisso, estava a essência do Animalismo. Quem quer que tivesse entendido isso bem, estaria a salvo da influência humana. Os pássaros a princípio protestaram, afinal, também pareciam ter duas pernas. Mas Bola-de-Neve provou que não era bem assim.

— A asa de um pássaro, camaradas — disse —, é um órgão de propulsão e não de manuseio. Sendo assim, deverá ser considerado uma perna. A característica que distingue o homem é a MÃO, o instrumento com que exerce toda a sua crueldade.

Os pássaros não entenderam as palavras complicadas de Bola-de-Neve, mas aceitaram a explicação, e os animais mais humildes se puseram a decorar a nova máxima. QUATRO PERNAS BOM, DUAS PERNAS RUIM foi escrito na parede dos fundos do celeiro, acima dos Sete Mandamentos, e em letras ainda maiores. Uma vez a tendo decorado, as ovelhas se encantaram com a máxima, e era comum vê-las nos campos, por horas a fio, balindo incansavelmente: "Quatro pernas bom, duas pernas ruim".

Napoleão não se interessava pelos comitês de Bola-de-Neve. Ele afirmava que a educação dos mais jovens era mais importante do que qualquer coisa que pudesse ser ensinado aos adultos. Por coincidência, Branca e Lulu deram cria logo após a colheita do feno, parindo nove robustos cachorrinhos. Assim que foram desmamados, Napoleão os afastou das mães, tomando para si a responsabilidade de educá-los. Ele os levou para um sobrado cujo único acesso era por uma escada no depósito dos arreios, e os manteve tão isolados que o resto da fazenda logo se esqueceu de suas existências.

O mistério do paradeiro do leite que havia desaparecido logo foi solucionado. Todos os dias ele era misturado com a ração dos porcos. As maçãs estavam amadurecendo e o gramado do pomar estava repleto de frutas derrubadas pelo vento. Os animais estavam dando como certo de que elas seriam equitativamente distribuídas. Todavia, um dia, chegou à ordem de que todas as maçãs do chão deveriam ser recolhidas e trazidas para o depósito dos arreios para serem consumidas pelos porcos. Alguns dos animais protestaram, mas de nada adiantou. Todos os porcos estavam de pleno acordo no tocante à questão, até mesmo Bola-de-Neve e Napoleão. Garganta foi enviado para dar as devidas explicações para os outros.

— Camaradas! — exclamou. — Espero que não achem que nós porcos estejamos fazendo isso por espírito de egoísmo e privilégio. Na realidade, muitos de nós não gostamos de leite e de maçãs. Eu mesmo não gosto. Nosso único objetivo é preservar a nossa saúde. A ciência já provou, camaradas, que leite e maçãs contêm substâncias de vital necessidade para o bem-estar de um porco. Nós porcos somos trabalhadores cerebrais. Toda a administração e organização desta fazenda depende de nós. Dia e noite, nós estamos cuidando do seu bem-estar. É pelo SEU bem que bebemos o leite e comemos aquelas maçãs. Sabem o que aconteceria se nós porcos falhássemos em nossa missão? Jones retornaria! Isso mesmo, Jones retornaria! Decerto, camaradas — praticamente suplicou Garganta, saltitando de um lado para o outro e agitando o rabo —, decerto ninguém aqui quer ver o retorno de Jones, não é?

Se havia algo de que os animais tinham plena certeza, era que não queriam o retorno de Jones. Quando a questão foi colocada para eles desse modo, não havia mais nada a ser dito. A importância de manter os porcos saudáveis era evidente. Sendo assim, ficou combinado de que o leite e as

4

Com a chegada do final do verão, notícias sobre o que acontecera na Fazenda dos Bichos já haviam se espalhado por metade do país. Todos os dias, Bola-de-Neve e Napoleão enviavam revoadas de pombos com instruções para interagir com os animais das fazendas vizinhas, com o intuito de divulgar a história da Revolução, e ensinar a letra de "Bichos da Inglaterra".

O Sr. Jones passou boa parte desse tempo sentado na taberna do Leão Vermelho em Willingdon, queixando-se para quem quisesse escutar da monstruosa injustiça que sofrera ao ser expulso da sua própria propriedade por um bando de bichos inúteis. Em princípio, os outros fazendeiros se solidarizavam com ele, mas, de início, não ofereceram muita ajuda. No fundo, cada um deles estava considerando como tirar vantagem do infortúnio de Jones. Por sorte, os proprietários das duas fazendas adjacentes à Fazenda dos Bichos não gozavam de boas relações. Uma delas, chamada Foxwood, era uma fazenda tradicional grande e negligenciada, tomada em grande parte pelo bosque, com seus pastos e sebes em petição de miséria. Seu proprietário, o Sr. Pilkington, era um fazendeiro amador simpático que passava a maior parte do seu tempo pescando ou caçando, dependendo da estação. A outra fazenda, chamada Pinchfield, era menor e mais bem-cuidada. Seu proprietário era o Sr. Frederick, um homem duro e astuto, permanentemente enrolado em processos legais e com fama de ser um exímio negociador. Os dois se detestavam tanto que era difícil chegarem a qualquer acordo, mesmo em defesa dos próprios interesses.

Ainda assim, ambos ficaram apavorados com a rebelião na Fazenda dos Bichos, e aflitos para impedir que seus próprios animais descobrissem muito a seu respeito. A princípio, fingiram rir para zombar da noção de animais administrando, eles mesmos, uma fazenda. A coisa toda não duraria mais de duas semanas, afirmaram. Alardearam que os animais da Fazenda do Solar (insistiam em se referir a ela como Fazenda do Solar. Recusavam-se a tolerar o nome

"Fazenda dos Bichos") ficavam permanentemente brigando entre si, e também que estavam passando fome. Quando o tempo passou, e os animais não morreram de fome, o discurso de Frederick e Pilkington se modificou, e começaram a falar da terrível maldade que agora imperava na Fazenda dos Bichos. Foi alegado que os animais na fazenda eram adeptos do canibalismo, que torturavam uns aos outros com ferraduras em brasa, e que compartilhavam as próprias fêmeas. Era nisso que dava se rebelar contra as leis da natureza, afirmavam Frederick e Pilkington.

Contudo, ninguém acreditou muito nessas histórias. Rumores de uma fazenda maravilhosa, de onde os seres humanos haviam sido expulsos e em que os animais cuidavam dos próprios interesses, continuavam a circular de maneiras vagas e distorcidas, e, ao longo daquele ano, uma onda de rebeldia se espalhou por toda a região. Touros que sempre haviam sido dóceis, subitamente ficavam selvagens; ovelhas derrubavam as cercas-vivas e devoravam os trevos; vacas chutavam longe os baldes; cavalos de caça empinavam e derrubavam seus cavaleiros por sobre as cercas. E o mais importante: a melodia e a letra de "Bichos da Inglaterra" se propagaram com uma velocidade espantosa e eram conhecidas em tudo quanto era canto. Os seres humanos não conseguiam conter a fúria quando escutavam a música, embora fingissem achá-la apenas ridícula. Afirmavam que não conseguiam compreender como mesmo animais eram capazes de cantar uma idiotice daquelas. Qualquer animal flagrado cantando a música era açoitado na mesma hora. E, no entanto, não havia como reprimir a música. Os melros a trinavam nas sebes, os pombos a arrulhavam nos olmeiros, e ela se confundia com o barulho feito pelos ferreiros, e com a melodia dos sinos das igrejas. E os seres humanos tremiam em segredo ao escutá-la, como se estivessem ouvindo a profecia da própria desgraça.

No início de outubro, após o corte e a debulha do milho, uma revoada de pombos cruzou os céus agitadamente e pousou no pátio da Fazenda dos Bichos. Jones e os seus homens, acompanhados de meia dúzia de outros vindos de Foxwood e Pinchfield, haviam cruzado o portão de barras de ferro e estavam subindo pela trilha que levava à fazenda. Todos brandiam pedaços de pau, exceto Jones, que vinha marchando na frente com uma espingarda nas mãos. Era evidente que estavam ali para tentar reconquistar a fazenda.

Há muito que isso estava sendo esperado, e todos os preparativos haviam sido feitos. Bola-de-Neve, que estudara um livro antigo sobre as campanhas de Júlio César achado na casa principal da fazenda, estava no comando das operações de defesa. Ele rapidamente distribuiu as ordens, e, em questão de minutos, cada animal ocupava o seu posto.

Quando os seres humanos se aproximaram dos galpões da fazenda, Bola-de-Neve deflagrou o seu primeiro ataque. Todos os trinta e cinco pombos levantaram voo, e, indo de um lado para o outro, defecaram sobre as cabeças dos homens. Enquanto os invasores estavam ocupados lidando com isso, os gansos, escondidos atrás da cerca viva, avançaram e bicaram ferozmente as panturrilhas dos inimigos. Entretanto, isso não passou de uma pequena manobra de escaramuça, destinada a criar uma distração, e os homens facilmente espantaram os gansos com seus porretes de pau. Bola-de-Neve lançou o seu segundo ataque. Maricota, Benjamim e as ovelhas, com Bola-de-Neve liderando-os, adiantaram-se, dando cabeçadas, mordidas e coices de tudo quanto é lado. Todavia, mais uma vez, os homens, com seus porretes de pau e coturnos cravejados de tachinhas, foram fortes demais para eles; e, de repente, com um guincho emitido por Bola-de-Neve — o sinal para recuar —, os animais deram meia-volta e fugiram na direção do pátio.

Os homens deixaram escapar um brado de triunfo. Como haviam imaginado, viram os inimigos batendo em retirada, e correram desordenadamente atrás deles. Era justamente o que Bola-de-Neve planejara. Assim que eles adentraram o pátio, os três cavalos, as três vacas e o restante dos porcos, que estavam escondidos no estábulo, subitamente apareceram à retaguarda dos invasores, impedindo o seu recuo. Bola-de-Neve ordenou o ataque. Ele mesmo avançou na direção do antigo dono. Jones, notando a sua aproximação, ergueu a arma e disparou. Os projéteis de chumbo desenharam veios ensanguentados no dorso do porquinho, e uma ovelha foi abatida. Sem qualquer hesitação, Bola-de-Neve se atirou de encontro às pernas de Jones. O impacto arremessou Jones em um monte de esterco, e a espingarda escapuliu de suas mãos. Contudo, o espetáculo mais apavorante de todos era Sansão erguendo as patas traseiras e golpeando com os enormes cascos ferrados, como se fosse um garanhão. Seu primeiro coice atingiu um cavalariço de Foxwood em cheio na cabeça, estirando-o já sem vida no chão enlameado. Diante disso, vários homens largaram seus porretes de pau e, tomados de pânico, tentaram fugir, sendo perseguidos ao redor do pátio pelos animais. Foram escornados, mordidos e pisoteados. Não houve um único animal na fazenda que não tivesse se vingado de alguma maneira. Inclusive a gata, que subitamente saltou de um telhado sobre o ombro de um rancheiro e fincou as garras no seu pescoço, arrancando gritos de dor do homem. No instante em que encontraram uma abertura, os homens ficaram contentes ao sair correndo do pátio, fugindo em direção à estrada principal. Em menos de cinco minutos desde o início da invasão, os humanos estavam covardemente batendo em retirada, voltando de onde haviam vindo, com um bando de gansos vindo nos seus calcanhares lhes bicando as panturrilhas.

Todos os homens haviam fugido, com exceção de um. No pátio, Sansão cutucou com o casco o cavalariço que estava estirado de bruços no chão enlameado, tentando virá-lo. O rapaz não se mexia.

— Ele está morto — constatou Sansão, com tristeza.

— Não tive a intenção de fazer isso. Esqueci que estava de ferraduras. Quem há de acreditar que não fiz isso de propósito?

— Nada de sentimentalismos, camarada! — exclamou Bola-de-Neve, com o sangue ainda pingando dos ferimentos. — Guerra é guerra. O único humano bom é o humano morto.

— Não desejo tirar nenhuma vida, nem mesmo uma vida humana — reiterou Sansão, os olhos marejados de lágrimas.

— Onde está Mimosa? — perguntou alguém.

Na verdade, Mimosa estava desaparecida. Por um instante, todos ficaram alarmados, com medo de que os homens pudessem ter lhe feito algum mal, ou a levado com eles. Todavia, no final das contas, ela foi encontrada escondida na própria baia, com a cabeça enterrada no feno da manjedoura. Ela fugiu correndo assim que a espingarda disparou. E, quando os outros retornaram de procurá-la, foi para ver que o cavalariço, que na realidade apenas ficara desacordado, já se recuperara e fugira.

Tomados de empolgação, os animais se reuniram, cada um contando aos brados suas próprias façanhas na batalha. Uma improvisada celebração da vitória foi imediatamente realizada. A bandeira foi hasteada e "Bichos da Inglaterra" foi cantada algumas vezes. Em seguida, foi oferecido um funeral solene para a ovelha assassinada, um ramo de espinheiro sendo plantado no seu túmulo. No enterro, Bola-de-Neve fez um breve discurso, enfatizando a necessidade de todos os animais estarem preparados para morrer pela Fazenda dos Bichos, caso seja necessário.

Por unanimidade, os animais decidiram criar uma condecoração militar, "Herói Animal, Primeira Classe", que foi conferida ali mesmo para Bola-de-Neve e para Sansão. Era uma medalha de bronze (na realidade, o bronze de antigos arreios de cavalo encontrados na sala dos arreios) que seria usada nos domingos e feriados. Também havia "Herói Animal, Segunda Classe", concedida postumamente para a ovelha falecida.

Houve muita discussão no tocante a como a batalha deveria ser chamada. No final das contas, decidiram batizá-la de Batalha do Estábulo, pois foi de lá que saiu a emboscada. A espingarda do Sr. Jones foi encontrada largada na lama, e não era segredo que havia um suprimento de munição na casa principal da fazenda. Ficou decidido que a espingarda seria montada ao pé do mastro da bandeira, como uma peça de artilharia, para ser disparada duas vezes por ano. Uma vez em doze de outubro, aniversário da Batalha do Estábulo, e uma vez no Dia do Solstício de Verão, aniversário da Revolução.

5

Com a aproximação do inverno, Mimosa foi se tornando cada vez mais problemática. Ela se atrasava para o trabalho todas as manhãs, com a desculpa de que dormira demais, e se queixava de dores misteriosas, embora o seu apetite fosse excelente. Usava tudo quanto era tipo de pretexto para fugir do trabalho e ir até o lago, onde ficava postada estupidamente fitando o próprio reflexo na água. Contudo, também havia rumores de algo mais sério. Certo dia, quando Mimosa chegou alegremente ao pátio, sacudindo a comprida cauda e mastigando um talo de feno, Quitéria aproximou-se dela.

— Mimosa, tenho algo muito sério para lhe dizer. Esta manhã eu a vi olhando por sobre a cerca que separa a Fazenda dos Bichos de Foxwood. Um dos homens do Sr. Pilkington estava postado do outro lado da cerca. E... Eu estava bem longe, mas tenho quase certeza de que foi o que vi... Ele estava falando com você, e você estava deixando que ele lhe acariciasse o focinho. O que significa isso, Mimosa?

— Ele não fez isso! Eu não estava deixando! Não é verdade! — exclamou Mimosa, agitando-se e escavando a terra.

— Mimosa! Olhe no meu rosto. Você me dá a sua palavra de honra que aquele homem não estava acariciando o seu focinho?

— Não é verdade — repetiu Mimosa, mas ela não foi capaz de encarar Quitéria, e, no instante seguinte, girou nos calcanhares e saiu galopando na direção dos campos.

Um pensamento veio à cabeça de Quitéria. Sem dizer nada para ninguém, foi até a baia de Mimosa, onde começou a revirar o feno com o casco. Escondido sob o feno estava um pequeno torrão de açúcar e varias fitas de cores diferentes.

Três dias depois, Mimosa desapareceu. Durante várias semanas ninguém teve notícias dela, mas, depois, os pombos relataram tê-la visto no outro extremo de Willingdon. Ela estava atrelada a uma pequena charrete pintada de vermelho e preto, estacionada diante de uma taberna. Um homem gordo e de faces vermelhas usando calças xadrez e polainas, que parecia um publicano, estava lhe acariciando o focinho e lhe dando torrões de açúcar. O pelo estava recém-aparado e trazia uma fita escarlate amarrada ao topete. De acordo com os pombos, parecia estar satisfeita. Mimosa nunca mais voltou a ser mencionada por nenhum dos animais.

    Em janeiro, o mau tempo chegou com toda vontade. A terra ficou dura como ferro, e nada pôde ser feito nos campos. Diversas assembleias ocorreram no grande celeiro, e os porcos se ocuparam planejando o trabalho da próxima estação. Fora estabelecido que os porcos, manifestamente mais inteligentes do que os outros animais, estariam encarregados de todas as questões no tocante às políticas da fazenda, embora suas decisões tivessem de ser ratificadas por uma votação da maioria. Tal arranjo teria funcionado muito bem, não fosse pelas disputas entre Bola-de-Neve e Napoleão. Os dois descordavam sobre tudo que era possível discordar. Se um deles sugeria semear um campo maior com cevada, o outro estava certo em exigir uma extensão maior para o plantio de aveia; e se um deles afirmava que um campo ou outro fosse ideal para repolhos, o outro estava certo em alegar que o campo em questão só serviria para raízes. Cada um tinha os seus seguidores, e alguns debates foram bem acalorados. Nas Reuniões, Bola-de-Neve costumava conquistar a maioria com seus discursos brilhantes, mas Napoleão era melhor em angariar apoio entre uma assembleia e outra. Era particularmente bem-sucedido com as ovelhas. Em tempos recentes, as ovelhas haviam desenvolvido o hábito de balir "Quatro pernas bom, duas pernas ruim" a toda hora, e era comum interromperem a Reunião com isso. Dava para se notar que desenvolveram uma tendência ainda maior de exclamar "Quatro pernas é bom, duas pernas é ruim" em momentos cruciais dos discursos de Bola-de-Neve. Bola-de-Neve estudara a fundo alguns números antigos de *O Fazendeiro e o Criador de Gado* que ele havia encontrado na casa principal da fazenda, e estava repleto de planos para inovações e melhorias. Com grande conhecimento de causa, falava de drenagens, ensilagem e escoramento básico, e havia imaginado um plano complexo para todos os animais defecarem direto nos campos, cada dia em um local diferente, para poupar o trabalho de carretagem. Napoleão não oferecia seus próprios projetos, mas resmungava que os de Bola-de-Neve não levariam a nada, e parecia apenas estar tentando ganhar tempo. Todavia, de todas as suas divergências, nenhuma foi tão séria quanto a que ocorreu por causa do moinho de vento.

No pasto, não muito longe dos galpões da fazenda, havia um pequeno morro que era o ponto mais alto da propriedade. Após examinar o terreno, Bola-de-Neve declarou que era o melhor ponto para um moinho de vento, que poderia acionar um dínamo, alimentando a fazenda de eletricidade. Isso iluminaria as baias e as aqueceria durante o inverno, também alimentando uma serra circular, um cortador de palha, um moedor de grãos e uma ordenhadeira elétrica. Os animais jamais haviam ouvido falar em algo parecido (pois se tratava de uma fazenda tradicional, que tinha apenas os aparelhos mais primitivos), e ficaram escutando embasbacados enquanto Bola-de-Neve descrevia máquinas fantásticas que fariam todo o trabalho, enquanto eles pastavam tranquilamente, ou aguçavam suas mentes com leitura e conversa.

Em poucas semanas os planos de Bola-de-Neve para o moinho de vento ficaram prontos. Os detalhes mecânicos vieram de três livros outrora pertencentes ao Sr. Jones: *Mil Coisas Úteis Para Serem Feitas Em Casa, Todo Homem É Um Pedreiro* e *Eletricidade Para Iniciantes*. Como escritório, Bola-de-Neve usou um barracão que já abrigara incubadoras e em cujo piso de madeira liso ele poderia desenhar tranquilamente. Passou horas a fio ali enclausurado, com os livros mantidos nas páginas desejadas por pedras e um pedaço de giz preso com firmeza entre as duas pontas da pata, movendo-se de um lado para o outro, empolgadamente desenhando linha após linha. Aos poucos cobrindo mais da metade do chão, os planos foram se transformando em um complicado ajuntamento de manivelas e engrenagens, que os outros animais achavam incompreensível, porém deveras impressionante. Pelo menos uma vez por dia, todos vinham admirar o trabalho de Bola-de-Neve. Até mesmo as galinhas e os patos vinham, esforçando-se para não pisar nas marcas de giz. Apenas Napoleão manteve a distância. Desde o início, ele se declarara contra o moinho de vento. Contudo, certo dia, chegou inesperadamente para examinar o projeto. Caminhou pesadamente pelo barracão, examinando com atenção cada detalhe dos planos, fungou uma ou duas vezes, depois ficou parado por um instante, contemplando-os de soslaio. De repente, ergueu a pata traseira, urinou sobre os planos e marchou para fora do barracão sem emitir uma palavra.

A fazenda toda se viu profundamente dividida na questão do moinho de vento. Bola-de-Neve não negava que sua construção seria uma empreitada difícil. Pedras precisariam ser carregadas para erguer as paredes; depois, as pás teriam de ser confeccionadas, e, depois, haveria a necessidade de dínamos e cabeamento (e Bola-de-Neve nunca mencionou como estes seriam providenciados). Mas ele insistia que tudo poderia ser feito em um ano. E, depois disso, declarava, tanto trabalho seria poupado que os animais só precisariam trabalhar três dias por semana. Por outro lado, Napoleão argumentava que a maior necessidade naquele momento seria aumentar a produção de alimentos, e que se perdessem tempo com o moinho de vento, acabariam morrendo de fome. Os animais se dividiram em duas facções representadas pelos lemas "Vote em Bola-de-Neve e a semana de três dias" e "Vote em Napoleão e a manjedoura cheia". Benjamin foi o único animal a não tomar partido. Recusava-se a acreditar que a comida ficaria mais farta ou que o moinho de vento pouparia trabalho. Com ou sem o moinho de vento, a vida continuaria sendo o que sempre fora. Ou seja, ruim.

Além da disputa do moinho, havia a questão da defesa da fazenda. Era amplamente sabido que, embora os seres humanos houvessem sido derrotados na Batalha do Estábulo, existia a possibilidade de que fizessem uma nova tentativa, com um contingente maior, para reconquistar a fazenda e reintegrar o Sr. Jones. Eles tinham motivos de sobra para uma nova investida, pois a notícia de sua derrota se espalhara pela região, deixando os animais das fazendas vizinhas mais irrequietos do que nunca. Como de costume, Bola-de-Neve e Napoleão estavam em desacordo. Para Napoleão, o que os animais tinham de fazer era providenciar armas de fogo e se treinarem no uso delas. Já para Bola-de--Neve, precisavam enviar cada vez mais pombos para fomentar rebelião entre os animais das outras fazendas. Um argumentava que, se não soubessem se defender, acabariam sendo conquistados. O outro argumentava que, se acontecessem revoluções em tudo quanto era canto, não haveria a necessidade de se defenderem. Os animais primeiro deram ouvidos para Napoleão, depois para Bola-de-Neve, mas não conseguiram chegar a uma decisão sobre quem tinha razão. Na realidade, sempre se viam concordando com quem estivesse falando no momento.

Por fim, chegou o dia em que os planos de Bola-de-Neve estavam completos. Na Reunião do domingo seguinte, seria votada a questão da construção ou não do moinho. Quando os animais se reuniram no grande celeiro, Bola-de-Neve adiantou-se, e, embora ocasionalmente interrompido pelo balir das ovelhas, apresentou seus motivos para defender a construção do moinho de vento. Depois foi a vez de Napoleão retrucar. Disse calmamente que o moinho de vento era bobagem, aconselhou todos a não votarem por sua construção e voltou a se sentar. Falara por menos de trinta segundos, e parecia quase indiferente ao efeito produzido por suas palavras. Bola-de-Neve então se adiantou com um salto e, erguendo a voz de modo a ser escutado, apesar das ovelhas, que haviam começado a balir novamente, realizou um discurso apaixonado em favor do moinho de vento. Até o momento, os animais estavam igualmente divididos na questão do moinho, mas bastou um instante para a eloquência de Bola-de-Neve conquistar a todos. Com frases ardentes, descreveu a imagem de como a Fazenda dos Bichos poderia ser quando a labuta sórdida fosse aliviada do lombo dos animais. Sua imaginação agora fora muito além de cortadores de palha e nabos fatiados. De acordo com ele, a eletricidade poderia acionar debulhadoras, arados, grades de ancinhos, ceifadeiras, rolos compressores e máquinas de enfardar, além de fornecer à cada baia sua própria luz elétrica, água fria e quente, e aquecedor elétrico. Quando terminou de falar, não havia dúvidas no tocante a para que lado a votação penderia. Contudo, naquele instante, Napoleão adiantou-se e, lançando um peculiar olhar de esguelha na direção de Bola-de-Neve, emitiu um ganido agudo diferente de qualquer coisa que os outros já haviam escutado.

Em resposta ao som, escutou-se um terrível latido vindo de fora do celeiro, e nove cães enormes usando coleiras tachonadas invadiram o celeiro. Avançaram direto para Bola-de-Neve, que mal conseguiu saltar do lugar onde estava a tempo de escapar de suas mandíbulas. No instante em que ele passou pelo vão da porta, os cães se puseram a persegui-lo. Espantados e amedrontados demais para dizer qualquer coisa, os animais todos se amontoaram perto da porta para assistir à perseguição. Bola-de-Neve estava cruzando em alta velocidade o pasto que levava à estrada. Estava correndo o mais rápido que um porco era capaz, mas os cães vinham nos seus calcanhares. De repente, escorregou, e parecia certo que os cães iriam pegá-lo. Mas ele se levantou de novo, correndo mais rápido do que nunca, mas os cães não demoraram a ganhar terreno. Um deles quase cerrou a mandíbula sobre o rabo de Bola-de-Neve, mas o porquinho conseguiu tirá-lo de perigo no último instante. Com um último esforço a mais, ele conseguiu abrir alguns centímetros de vantagem sobre os cachorros e escapuliu por um buraco na cerca-viva, desaparecendo do campo de visão dos outros animais.

Em silêncio e apavorados, os bichos da fazenda voltaram para o interior do celeiro. Um instante depois, os cães retornaram. A princípio, ninguém conseguia imaginar de onde haviam vindo aquelas criaturas, contudo, o enigma foi logo solucionado. Eram os filhotes que Napoleão havia retirado do convívio com as mães para ele mesmo criar. Embora ainda não fossem adultos, eram cães grandes, com a aparência feroz de lobos. Eles não saíram de perto de Napoleão, e os outros bichos notaram que abanavam suas caudas para ele da mesma maneira que os outros cães costumavam fazer para o Sr. Jones.

Napoleão, seguido pelos cães, subiu na plataforma elevada onde o Major um dia se postou para fazer o seu discurso. Anunciou que, doravante, as Reuniões das manhãs de domingo estavam suspensas. Não havia necessidade delas, afirmou, e eram perda de tempo. No futuro, todas as questões relacionadas ao funcionamento da fazenda seriam decididas por um comitê especial de porcos, presidido por ele mesmo. Este se reuniria em segredo, e, mais tarde, comunicaria suas decisões aos outros. Os animais ainda se reuniriam aos domingos de manhã para saudar a bandeira, cantar "Bichos da Inglaterra", e receber as ordens da semana. Porém, não haveria mais debates.

Apesar do choque ante a expulsão de Bola-de-Neve, o anúncio consternou os animais. Vários deles teriam protestado, caso tivessem conseguido encontrar os argumentos certos. Até mesmo Sansão parecia incomodado. Com as orelhas jogadas para trás, sacudiu o topete várias vezes, esforçando-se para dar ordem às próprias ideias, todavia, no final das contas, não conseguiu pensar em nada para dizer. Contudo, alguns dos porcos eram mais articulados. Quatro jovens porcos castrados na primeira fileira emitiram guinchos agudos de desaprovação, e todos os quatro adiantaram-se e começaram a falar ao mesmo tempo. Porém, de repente, os cães sentados ao redor de Napoleão começaram a ameaçadoramente rosnar baixinho, e, calando-se, os porcos retornaram para os seus devidos lugares. E então, as ovelhas começaram a incessantemente balir "Quatro pernas bom, duas pernas ruim!", dando fim a qualquer chance de discussão.

Mais tarde, Garganta começou a rodar a fazenda para explicar o novo arranjo para os outros.

— Camaradas — disse —, espero que cada animal aqui tenha a devida apreciação pelo sacrifício que o camarada Napoleão está fazendo ao assumir todo esse trabalho a mais para si. Não pensem, camaradas, que exista prazer em liderar! Muito pelo contrário. É uma grande e pesada responsabilidade. Ninguém acredita mais do que o camarada Napoleão que todos os animais sejam iguais. Para ele seria um prazer permitir que tomassem suas próprias decisões. Contudo, às vezes, podem tomar as decisões erradas, camaradas, e no que isso poderia resultar? Suponham que tivessem decidido apoiar Bola-de-Neve e a sua ilusão de um moinho de vento. Bola-de-Neve que, como agora sabemos, mal passava de um criminoso.

— Ele lutou com bravura na Batalha do Estábulo — disse alguém.

— Bravura não é o suficiente — retrucou Garganta. — Lealdade e obediência são mais importantes. E quanto à Batalha do Estábulo, creio que chegará o dia em que descobriremos que a participação de Bola-de-Neve nela foi um tanto quanto exagerada. Disciplina, camaradas, disciplina ferrenha! Essa é a palavra de ordem do dia. Um passo em falso, e estaríamos à mercê de nossos inimigos. Com certeza, camaradas, não vão querer Jones de volta, não é?

Mais uma vez, não havia como responder àquele argumento. Com certeza os animais não queriam Jones de volta. Se os debates de domingo podiam propiciar o seu retorno, era necessário acabar com os debates. Sansão, que agora tivera tempo para pensar nas coisas, deu voz a opinião geral dizendo:

— Se é o que diz o camarada Napoleão, deve estar certo.

E, doravante, ele acrescentou a máxima "Napoleão está sempre certo!" ao seu lema particular de "Vou trabalhar ainda mais!".

Quando o tempo melhorou, a arada da primavera teve início. O barracão onde Bola-de-Neve desenhara o seu projeto do moinho de vento foi trancafiado, e todos presumiram que os planos houvessem sido apagados do chão. Todos os domingos de manhã, às 10 horas, os animais se reuniam no grande celeiro para receber as ordens da semana. O crânio do velho Major, já sem carnes, fora desenterrado do pomar e colocado em um toco de árvore ao pé do mastro da bandeira, ao lado da espingarda. Após o hasteamento a bandeira, os animais tinham de se enfileirar reverentemente diante do crânio, antes de seguirem para o celeiro. Eles não se sentavam mais todos juntos como costumavam fazer antes. Napoleão, com Garganta e outro porco chamado Mínimo, que possuía um talento notável para compor músicas e poemas, sentavam-se à frente, na plataforma elevada, os nove cães formando um semicírculo ao redor deles, e os outros porcos postados atrás deles. O restante dos animais se acomodava de frente para eles, ocupando o restante do celeiro. Napoleão lia as ordens da semana em tom ríspido, próprio de um soldado, e, após cantar uma única vez "Bichos da Inglaterra", os animais se dispersavam.

No terceiro domingo após a expulsão de Bola-de-Neve, os animais foram pegos de surpresa ao escutar Napoleão anunciando que, no final das contas, o moinho de vento seria mesmo construído. Ele não deu motivo para ter mudado de ideia. Apenas avisou para os animais que a tarefa a mais significaria muito trabalho duro, e que talvez fosse necessário reduzir as rações. O projeto, contudo, havia sido planejado até os últimos detalhes. Um comitê especial de porcos trabalhara nele durante as três últimas semanas. A construção do moinho de vento, junto com várias outras melhorias, deveria levar dois anos.

Naquela noite, Garganta explicou em particular para os outros animais que Napoleão jamais se opusera de verdade ao moinho de vento. Pelo contrário, fora ele a defendê-lo desde o início, e o projeto que Bola-de-Neve desenhara no piso do barracão das incubadoras, na realidade, fora roubado dos papéis de Napoleão. O moinho de vento, de fato, era criação de Napoleão. Por que, então, alguém perguntou, ele se manifestara com tanta veemência contra o projeto? Com uma expressão manhosa, Garganta falou que essa era a astúcia de Napoleão. Ele PARECERA se opor ao moinho de vento, apenas como uma manobra para se livrar de Bola-de-Neve, que era uma personagem perigosa e uma péssima influência. Agora que Bola-de-Neve estava fora do caminho, o plano poderia prosseguir sem a sua interferência. De acordo com Garganta, isso era algo chamado tática. Ele repetiu várias vezes: "Tática, camaradas, tática!", saltando de um lado para o outro e sacudindo o rabo com uma risada alegre. Os animais não sabiam ao certo o que essa palavra significava, mas Garganta falava de uma maneira tão persuasiva, e os três cães que o acompanhavam rosnavam tão ameaçadoramente, que eles aceitaram a explicação sem mais perguntas.

6

Durante todo aquele ano, os animais trabalharam como escravos. Mas estavam felizes com o seu trabalho. Não poupavam esforços nem sacrifícios, cientes de que tudo que estavam fazendo seria para o próprio benefício e para aqueles das mesmas espécies que viriam depois deles, e não para um bando de humanos ladrões e preguiçosos.

Ao longo de toda a primavera e do verão, trabalharam sessenta e seis horas por semana, e, em agosto, Napoleão anunciou que também haveria trabalho nas tardes de domingo. Era trabalho puramente voluntário, mas o animal que se ausentasse teria suas rações reduzidas à metade. Mesmo assim, percebeu-se a necessidade de não realizar certas tarefas. A colheita foi menos bem-sucedida do que a do ano anterior, e dois campos que deveriam ter sido semeados com raízes no início do verão não haviam sido semeados porque a arada não fora concluída a tempo. Dava para se prever que o inverno não seria fácil.

O moinho de vento apresentou dificuldades inesperadas. Havia uma respeitável pedreira na fazenda, e boas quantidades de areia e cimento haviam sido encontradas nos depósitos, o que significava que os materiais para a construção estavam disponíveis. Todavia, o problema que os animais, a princípio, não conseguiram solucionar, era como quebrar as pedras de modo a atingirem o tamanho adequado. A única maneira de fazer isso parecia ser com picaretas e pés de cabra, que nenhum dos animais era capaz de manusear, pois nenhum deles era capaz de ficar de pé, apoiando-se nas pernas traseiras. Só após semanas de esforços inúteis alguém teve a ideia de usar a força da gravidade. Rochas enormes, grandes demais para serem usadas do jeito que eram, estavam espalhadas pelo leito da pedreira. Os animais as envolveram com cordas, e depois, todos juntos — vacas, cavalos, ovelhas, qualquer animal capaz de puxar uma corda (às vezes até os porcos colaboravam em momentos cruciais) —, arrastavam-nas com uma lentidão desesperadora do declive acima até o topo da pedreira, onde a deixavam despencar no precipício, para se espatifar ao atingir o chão. Depois de despedaçadas, transportar as rochas era relativamente simples. Os cavalos as transportavam nas carroças, as ovelhas arrastavam blocos de pedra individuais, até mesmo Benjamim e Maricota se atrelaram a uma velha charrete e fizeram a sua parte. O final do verão encontrou uma quantidade suficiente de pedras empilhadas e a construção teve início, sob a supervisão dos porcos.

Mas foi um processo lento e laborioso. Frequentemente era necessário um dia inteiro de exaustivos esforços para arrastar um único pedregulho até o topo da pedreira, e, às vezes, ao ser empurrado no precipício, ele não se quebrava. Nada teria siso realizado sem Sansão, cuja força parecia se equiparar a de todos os outros animais juntos. Quando o pedregulho começava a escapulir, e os animais gritavam de desespero ao se sentirem sendo arrastados colina abaixo, era sempre Sansão que se esforçava para não ceder e impedia o recuo do pedregulho. Vê-lo conquistando a colina centímetro a centímetro, a respiração acelerada, os cascos se fincando no solo, o lombo reluzindo, empapado de suor, enchia a todos de admiração. Quitéria não se cansava de alertá-lo para não se exceder, mas Sansão nunca lhe dava ouvidos. Para ele, seus dois lemas, "Vou trabalhar ainda mais" e "Napoleão está sempre certo", pareciam ser o suficiente para resolver qualquer problema. Ele combinara com o jovem galo para acordá-lo três quartos de hora mais cedo todas as manhãs, em vez de apenas meia hora. No seu tempo livre, que já era uma raridade hoje em dia, ele ia sozinho até a pedreira, onde catava uma carga de pedras quebradas, e, sem qualquer ajuda, arrastava-a até o local do moinho de vento.

A despeito dos rigores do trabalho, os animais não tiveram um verão ruim. Mesmo não tendo mais comida do que tinham nos dias de Jones, pelo menos não tinham menos. A vantagem de apenas ter de alimentar a si mesmos, não tendo de sustentar também cinco seres humanos desperdiçadores, era tão grande que compensava muitos fracassos. E, de diversas maneiras, o método animal de fazer as coisas era mais eficiente e econômico. Trabalhos como, por exemplo, a capinação, podiam ser realizados com uma minúcia impossível para seres humanos. E, mais uma vez, como os animais não roubavam, era desnecessário isolar o pasto da terra arável, o que poupava o trabalho de construção das cercas e das porteiras. Ainda assim, à medida que o verão ia avançando, começaram a sentir a escassez de várias coisas. Houve a necessidade de petróleo, pregos, corda, biscoitos caninos, e ferro para as ferraduras dos cavalos, e nada disso podia ser produzido na fazenda. Mais tarde, a necessidade de sementes e adubo artificial também se faria sentida, além de diversas ferramentas e, por fim, o maquinário para o moinho de vento. Como seriam providenciados, ninguém fazia ideia.

Em um domingo de manhã, quando os animais se reuniram para receber suas ordens, Napoleão anunciou que decidira implementar uma nova política. Doravante, a Fazenda dos Bichos faria negócios com as fazendas vizinhas. Não, é claro, para fins lucrativos, mas apenas para obter certos materiais urgentemente necessários. As demandas do moinho de vento deveriam tomar precedência sobre todas as outras, ele afirmou. Sendo assim, estaria tomando as providências para vender uma grande quantidade de feno e parte da colheita anual de trigo, e, mais tarde, caso fosse preciso mais dinheiro, este teria de ser obtido com a venda de ovos, para o qual sempre houvera um mercado bom em Willingdon. As galinhas, Napoleão disse, deveriam encarar o sacrifício como a sua própria contribuição especial para a construção do moinho.

Mais uma vez os animais se deram conta de uma intranquilidade vaga. Jamais negociar com seres humanos, jamais fazer comércio, jamais fazer uso do dinheiro... Não estavam essas entre as primeiras resoluções aprovadas naquela triunfante primeira reunião depois da expulsão de Jones? Todos os animais se recordavam de ter aprovado tais resoluções, ou, pelo menos, achavam que se recordavam. Os quatro porquinhos que haviam protestado quando Napoleão aboliu as Reuniões levantaram timidamente as vozes, apenas para serem silenciados pelo rosnar dos cães. E então, como de costume, as ovelhas começaram com o: "Quatro pernas bom, duas pernas ruim!", e o constrangimento momentâneo foi esquecido. Por fim, Napoleão ergueu a pata, pedindo silêncio, e anunciou que todas as providências já haviam sido tomadas. Não haveria necessidade de os animais terem contato com os seres humanos, o que claramente seria deveras indesejável. Ele pretendia tomar apenas para si esse terrível fardo. Um tal de Sr. Whymper, um advogado em Willingdon, concordara em servir de intermediário entre a Fazenda dos Bichos e o mundo externo, e visitaria a fazenda toda segunda-feira de manhã para receber suas instruções. Napoleão encerrou o pronunciamento com o costumeiro brado de: "Vida longa à Fazenda dos Bichos!", e, após cantar "Bichos da Inglaterra", os animais foram dispensados.

Mais tarde, Garganta rodou a fazenda para tranquilizar os animais. Ele garantiu que a resolução contra fazer comércio e usar dinheiro jamais fora aprovada, nem sequer sugerida. Não passava de pura imaginação, cuja origem, provavelmente, poderia ser embasada nas mentiras circuladas por Bola-de-Neve. Alguns animais ainda tinham um pouco de dúvida, mas, astutamente, garganta lhes indagou:

— Tem certeza de que não foi algo com que sonharam, camaradas? Existe algum registro de tal resolução? Ela está escrita em algum lugar?

E como era garantida a inexistência de algo do tipo escrito, os animais ficaram convencidos de que se enganaram.

Como combinado, toda segunda-feira o Sr. Whymper visitava a fazenda. Era um homenzinho de aparência manhosa, com costeletas, um advogado com um escritório pequeno, mas astuto o suficiente para se dar conta antes de todo o mundo de que a Fazenda dos Bichos precisaria de um intermediário, e que as comissões valeriam muito a pena. Os animais observavam um tanto quanto temerosos o seu ir e vir, e o evitavam ao máximo possível. Todavia, ainda assim, a visão de Napoleão, nas quatro patas, dando ordens para o Sr. Whymper, postado sobre duas pernas, massageou-lhes o orgulho e fez com que parcialmente aceitassem o novo combinado. As relações com os seres humanos não eram bem as mesmas que antes. Os seres humanos continuavam a odiar a Fazenda dos Bichos agora que esta estava prosperando, ou, na verdade, odiavam-na ainda mais. Todos os humanos davam como certo de que, mais cedo ou mais tarde, a fazenda iria à falência, e, acima de tudo, que o moinho de vento seria um fracasso. Eles se reuniam na taberna e provavam um para o outro por meio de diagramas que o moinho de vento acabaria por ruir, ou que, caso permanecesse de pé, jamais funcionaria. No entanto, a contragosto, haviam desenvolvido um certo respeito pela eficiência com que os animais estavam conduzindo os seus negócios. Um dos sintomas disso é que haviam começado a chamar a Fazenda dos Bichos pelo seu devido nome, e pararam de fingir que ela ainda era a Fazenda do Solar. Também abandonaram a causa de Jones, que desistira de recuperar a fazenda e fora morar em outra região do país. Com a exceção de Whymper, não havia contato entre a Fazenda dos Bichos e o mundo externo, mas havia boatos constantes de que Napoleão estava prestes a fechar um acordo de negócios definitivo com o Sr. Pilkington da Foxwood, ou com o Sr. Frederick da Pinchfield, mas nunca (valia a pena ser salientado) com ambos simultaneamente.

Foi mais ou menos nessa mesma época que os porcos se mudaram para a casa principal da fazenda, passando a morar ali. Mais uma vez, os animais pareciam se recordar de que uma resolução contra isto fora passada nos dias iniciais da revolução, e, mais uma vez, Garganta fora capaz de convencê-los de que não era esse o caso. Era absolutamente necessário, ela afirmou, que os porcos, que eram o cérebro da fazenda, tivessem um lugar tranquilo de onde pudessem trabalhar. Também era mais adequado para a dignidade do Líder (recentemente, ele adquirira o hábito de se referir a Napoleão como Líder) morar em uma casa do que em um simples chiqueiro. Ainda assim, alguns animais ficaram incomodados ao saber que os porcos não só estavam fazendo suas refeições na cozinha e usavam a sala de estar como sala de recreação, mas também dormiam nas camas. Como de costume, Sansão afirmou que "Napoleão está sempre certo!", mas Quitéria, que se lembrava com clareza de uma regra contra as camas, seguiu até o final do celeiro e tentou decifrar os Sete Mandamentos ali escritos. Não conseguindo passar das letras individuais, ela buscou Maricota.

— Maricota — pediu —, leia para mim o Quarto Mandamento. Ele não fala algo sobre não dormir em uma cama?

Com alguma dificuldade, Maricota leu. Por fim, ela anunciou:

— Ele diz que: "Nenhum animal deverá dormir em uma cama com lençóis".

Curiosamente, Quitéria não se recordava do Quarto Mandamento mencionar lençóis, mas, se estava na parede, devia ser assim. E Garganta, que por coincidência, estava passando por ali naquele instante, acompanhado de um ou dois cães, foi capaz de colocar a coisa toda em devida perspectiva.

— Quer dizer, camaradas — ele disse —, que souberam que nós porcos agora estamos dormindo nas camas da casa principal? E por que não? Com certeza, não acham que já houve uma regra contra camas? Uma cama simplesmente significa um lugar para dormir. De certo modo, uma pilha de palha em uma baia é uma cama. A regra era contra lençóis, que é uma invenção humana. Nós retiramos os lençóis das camas da casa principal, e dormimos em meio aos cobertores. E são camas muito confortáveis! Mas, posso lhes dizer, camaradas, não são mais confortáveis do que precisamos, com todo o trabalho cerebral que recai sobre nós, hoje em dia. Não nos privariam de nosso repouso, não é, camaradas? Querem nos ver cansados demais para levar a cabo nossas responsabilidades? Com certeza, nenhum de vocês quer ver Jones de volta, não é?

Os animais trataram de imediatamente tranquilizá-lo no tocante a essa questão, e nada mais foi dito sobre os porcos dormindo em camas na casa principal da fazenda. E quando, alguns dias mais tarde, foi anunciado que, doravante, os porcos se levantariam uma hora mais tarde do que os outros animais, ninguém se queixou.

Com a chegada do outono, os animais estavam cansados, porém felizes. Tiveram um ano duro, e, após a venda de parte do feno e do milho, os estoques de alimento para o inverno não estavam muito abundantes, mas o moinho de vento compensaria tudo. Sua construção estava quase na metade. Após a colheita, houve um período prolongado de tempo seco, e os animais tiveram de trabalhar mais duro do que nunca, pensando que valeria a pena todo o ir e vir durante o dia inteiro com blocos de pedra, se isso resultasse em mais trinta centímetros de parede erguida. Sansão passara até a trabalhar sozinho uma ou duas horas por noite, sob o luar. Nas suas folgas, os animais costumavam dar voltas ao redor do moinho inacabado, admirando a solidez e a verticalidade de suas paredes, maravilhados com o fato de terem construído algo tão imponente. Contudo, o velho Benjamim se recusava a ficar entusiasmado com o moinho de vento. Como de costume, ele apenas repetia o comentário enigmático de que burros têm vida longa.

Novembro trouxe fortes ventos de sudoeste. A construção precisou ser interrompida pois estava úmido demais para misturar o cimento. Por fim, veio uma noite em que a chuva estava tão forte que os galpões da fazenda chegaram a tremer nas bases e várias telhas do telhado do celeiro voaram longe. As galinhas acordaram cacarejando apavoradas, pois todas simultaneamente tiveram um sonho em que escutaram um tiro ao longe. Na manhã, os animais deixaram suas baias para encontrar o mastro da bandeira derrubado no chão e um olmeiro do pomar desgalhado como um rabanete. Haviam acabado de notar isso quando um grito desesperado irrompeu das gargantas de todos os animais. Diante de seus olhos, uma terrível visão. O moinho de vento estava em ruínas.

A uma, eles saíram correndo até o local. Napoleão, que raramente se movimentava mais rápido do que caminhando, correu à frente de todos. Sim, ali repousava o fruto de seus esforços, demolido até as fundações, as pedras que haviam quebrado e carregado tão laboriosamente espalhadas por tudo quanto era lugar. A princípio, incapazes de falar, ficaram postados, penosamente fitando as pedras caídas. Napoleão andava de um lado para o outro em silêncio, ocasionalmente cheirando o chão. Seu rabo ficou rígido, e oscilou de maneira brusca de um lado para o outro; para ele, um sinal de atividade mental intensa. Subitamente, deteve o seu avanço, como se houvesse tomado uma decisão.

— Camaradas — disse, baixinho —, sabem que é responsável por isso? Sabem quem é o inimigo que, na calada da noite, veio até aqui para derrubar o nosso moinho de vento? BOLA-DE-NEVE! — rugiu, de repente, sua voz lembrando o trovão. — Bola-de-Neve fez isso! Por pura maldade, pensando apenas em atrasar nossos planos e se vingar por sua ignóbil expulsão, esse traidor se arrastou até aqui, sob o manto da noite, e destruiu o nosso trabalho de quase um ano. Camaradas, aqui e agora, decreto a sentença de morte de Bola-de-Neve. "Herói Animal, Segunda Classe" e meio cesto de maçãs para qualquer animal que o trouxer à justiça. Uma cesta inteira para quem o capturar vivo!

Os animais ficaram incrivelmente chocados ao descobrir que Bola-de-Neve pudesse ser culpado de tal ato. Um urro de indignação ecoou, e todos começaram a pensar em maneiras de capturar Bola-de-Neve, caso ele ousasse retornar. Quase imediatamente, as pegadas de um porco foram descobertas na grama, a pouca distância do morro. Só puderam ser seguidas por alguns metros, mas pareciam levar a um buraco na cerca-viva. Napoleão as farejou profundamente, e declarou que pertenciam a Bola-de-Neve. Na sua opinião, Bola-de-Neve provavelmente viera da direção da Fazenda Foxwood.

— Chega de atrasos, camaradas! — Napoleão exclamou, após as pegadas serem examinadas. — Há trabalho a ser feito. Esta manhã mesmo, daremos início a reconstrução do moinho de vento, e, faça sol, ou faça chuva, daremos continuidade à obra durante todo o inverno. Ensinaremos àquele traidor miserável que não conseguirá desfazer o nosso trabalho com tanta facilidade. Não se esqueçam, camaradas, não deve haver alterações nos nossos planos. Eles deverão ser seguidos à risca. Adiante, camaradas! Vida longo ao moinho de vento! Vida longa à Fazenda dos Bichos!

7

Foi um inverno terrível. A temporada de chuvas foi seguida de nevascas, e depois de um frio glacial que persistiu até o meio de fevereiro. Os animais tocaram a reconstrução do moinho de vento da melhor maneira que puderam, bem sabendo que o mundo externo estava de olho neles, e que os invejosos seres humanos se regozijariam e triunfariam caso o moinho não ficasse pronto a tempo.

Por despeito, os seres humanos fingiram não acreditar que fora Bola-de-Neve quem destruíra o moinho de vento. Disseram que ele ruíra porque as paredes eram finas demais. Os animais sabiam que não era esse o caso. Apesar disso, fora decidido reconstruir as paredes com noventa centímetros de espessura, em vez de com cinquenta centímetros, como antes, o que significava recolher quantidades maiores de pedras. Por um bom tempo, a pedreira ficou coberta de neve, e nada podia ser feito. Algum progresso foi feito no clima frio e seco que veio em seguida, mas foi um trabalho cruel, e os animais não conseguiram se sentir tão esperançosos como antes. Estavam sempre com frio, e, normalmente, também com fome. Apenas Sansão e Quitéria não desanimavam. Garganta fazia discursos excelentes sobre a alegria de servir e a dignidade do trabalho, mas os outros animais encontravam maior inspiração na força de Sansão e do seu infalível lema de: "Vou trabalhar ainda mais!".

Em janeiro a comida escasseou. As rações de milho foram drasticamente reduzidas, e foi anunciado que uma porção extra de batatas seria distribuída para compensar. Depois, foi descoberto que grande parte da safra de batatas congelara nas pilhas mal protegidas. As batatas ficaram macias e descoloradas, e poucas eram apropriadas para o consumo. Tornou-se comum os animais passarem vários dias tendo apenas palha e nabos para comer. O fantasma da fome parecia rondar a fazenda.

Era de necessidade vital que esse fato não fosse descoberto pelo mundo externo. Encorajados pela destruição do moinho de vento, os seres humanos estavam inventando novas mentiras sobre a Fazenda dos Bichos. Mais uma vez estava sendo espalhado que os animais estavam morrendo de fome e de doenças, e que continuamente estavam em conflito uns com os outros, chegando a recorrer a canibalismo e infanticídio. Napoleão sabia muito bem dos terríveis resultados que a divulgação dos reais fatos da situação alimentar poderia ter, e resolveu usar os Sr. Whymper para propagar uma impressão contrária. Previamente, os animais tiveram pouco ou nenhum contato com Whymper nas suas visitas semanais. Agora, contudo, alguns animais selecionados, ovelhas em sua maioria, foram instruídos a casualmente comentar, nos arredores dele, que as rações estavam aumentando. Napoleão ordenou que os silos quase vazios do depósito fossem enchidos quase até o teto com areia, que, em seguida, foram completados com o que restava dos grãos e cereais. Com algum pretexto sutil, Whymper foi conduzido até o depósito, e pôde dar uma olhada nos silos. Ele foi devidamente enganado, e continuou a relatar para o mundo externo que não havia qualquer escassez de alimentos na Fazenda dos Bichos.

    Todavia, à medida que o final de janeiro foi se aproximando, ficou evidente que seria necessário obter mais grãos de algum outro lugar. Naqueles dias, era raro Napoleão aparecer em público, pois passava o tempo todo na casa principal da fazenda, cujas portas eram guardadas por cães de aparência feroz. Quando ele aparecia, era de uma maneira cerimonial, com uma escolta de seis cães que o rodeavam e rosnavam para quem quer que se aproximasse demais. Com frequência, ele sequer fazia uma aparição nas manhãs de domingo, transmitindo suas ordens por outros porcos, geralmente Garganta.

Em um domingo de manhã, Garganta decretou que as galinhas, que mal haviam começado a pôr ovos novamente, deveriam entregá-los. Por intermédio de Whymper, Napoleão aceitara um contrato de quatrocentos ovos por semana. O pagamento por eles seria o suficiente para manter a fazenda abastecida de grãos e cereais até a chegada do verão, quando as condições climáticas estariam mais amenas.

As galinhas protestaram veementemente ao saber disso. Haviam sido alertadas antes de que tal sacrifício pudesse vir a ser necessário; todavia, recusaram-se a acreditar que fosse uma possibilidade real. Estavam começando a se preparar para a chocagem da primavera quando protestaram, afirmando que tomar seus ovos agora seria assassinato. Pela primeira vez desde a expulsão de Jones, algo parecido com rebelião acontecia. Lideradas por três jovens frangas minorcas, as galinhas executaram um esforço concentrado para frustrar a vontade de Napoleão. Sua tática foi voar até as vigas do teto, e, de lá, pôr os ovos, que se espatifavam no chão. A reação de Napoleão foi imediata e implacável. Ordenou que as rações das galinhas fossem suspensas e que qualquer animal que desse um único grão de milho para uma galinha seria punido com a morte. Os cães trataram de garantir o cumprimento de tais ordens. As galinhas aguentaram por cinco dias, antes de se renderem e voltarem para seus ninhos. Nove galinhas morreram nesse interim. Seus corpos foram enterrados no pomar, e foi espalhado que haviam morrido de coccidiose. Whymper nada soube a respeito disso, e os ovos foram devidamente entregues, com uma carroça do mercadinho passando uma vez por semana na fazenda para levá-los.

Enquanto isso, Bola-de-Neve não fora mais visto. Havia rumores de que estava escondido em uma das fazendas vizinhas, talvez em Foxwood, ou em Pinchfield. Àquela altura, Napoleão gozava de uma relação ligeiramente melhor com os outros fazendeiros. Havia uma enorme pilha de madeira no pátio, ali deixada dez anos antes, quando um bosque fora derrubado. Estava em boas condições, e Whymper aconselhou Napoleão a vender. Tanto o Sr. Pilkington quanto o Sr. Fredrick estavam ansiosos para comprar. Napoleão não conseguia decidir para quem vender. Aparentemente, sempre que ele parecia prestes a fechar um acordo com Fredrick, era descoberto que Bola-de-Neve estava escondido em Foxwood; e, quando ele tendia a vender para Pilkington, diziam que Bola-de-Neve estava em Pinchfield.

Subitamente, no início da primavera, uma notícia alarmante veio à luz. Bola-de-Neve frequentava em segredo a fazenda à noite! Os animais ficaram tão nervosos que mal conseguiam dormir em suas baias. Todas as noites, diziam, ele se esgueirava no silêncio da escuridão, realizando tudo quanto era tipo de maldade. Roubava milho, derrubava baldes de leite, quebrava ovos, pisoteava os canteiros, arrancava, a dentadas, a casca das árvores frutíferas. Sempre que algo dava errado, tornou-se comum culpar Bola-de-Neve. Se uma janela quebrava, ou um ralo entupia, alguém logo dizia que Bola-de-Neve o fizera durante a noite, e quando a chave do depósito se perdeu, a fazenda inteira ficou convencida de que Bola-de-Neve a jogara no fundo do poço. Curiosamente, tal suposição se manteve mesmo após a chave perdida ter sido encontrada debaixo de uma saca de cereal. As vacas declararam unanimemente que Bola-de-Neve entrava em suas baias e as ordenhava durante o sono. Os ratos, que causaram muitos problemas durante o inverno, supostamente estavam em conluio com Bola-de-Neve.

Napoleão decretou uma investigação completa sobre as atividades de Bola-de-Neve. Acompanhados dos cães, ele fez uma ronda cuidadosa para inspecionar os galpões da fazenda, com os outros animais seguindo-o de a uma distância respeitosa. A cada poucos passos que dava, Napoleão se detinha e fuçava o chão em busca de rastros deixados por Bola-de-Neve, que ele alegava poder detectar através do cheiro. Ele fuçou tudo quanto era canto, no celeiro, no estábulo, nos galinheiros, na horta, e encontrou vestígios de Bola-de-Neve em quase tudo quanto era lugar. Colava o focinho no chão, dava várias profundas fungadas, e, em um tom terrível, exclamava:

— Bola-de-Neve! Ele esteve aqui! Posso sentir distintamente o cheiro dele!

Escutando o nome "Bola-de-Neve", os cães exibiam as presas e rosnavam assustadoramente.

Os animais ficaram apavorados. Para todos, Bola-de--Neve parecia ser uma espécie de influência invisível, contaminando o ar ao redor deles, e ameaçando-os com toda sorte de perigos. Naquela noite, Garganta reuniu a todos, e, com uma expressão alarmada no rosto, afirmou ter notícias graves a relatar.

— Camaradas! — exclamou Garganta, saltitando nervosamente. — Algo terrível foi descoberto. Bola-de-Neve se vendeu para Frederick da Fazenda Pinchfield, que, nesse exato instante, está planejando nos atacar e tomar a fazenda de nós! Quando o ataque começar, Bola-de-Neve servirá de guia para ele. Porém, isso não é o pior. Pensávamos que a rebelião de Bola-de-Neve se devesse apenas à sua vaidade e ambição. Mas estávamos enganados, camaradas. Sabem qual foi o motivo real? Bola-de-Neve estava mancomunado com Jones desde o início! O tempo todo, ele foi o agente secreto de Jones. Foi provado por documentos que ele deixou para trás, e que apenas agora foram descobertos. Para mim, isso explica um bocado, camaradas. Não testemunhamos com nossos próprios olhos como ele tentou, felizmente sem sucesso, garantir a nossa derrota e a nossa destruição na Batalha do Estábulo?

Os animais ficaram estupefatos. Essa maldade em muito superava a destruição do moinho de vento por Bola-de-Neve. Mas eles levaram alguns minutos para processar a coisa toda. Todos se lembravam, ou achavam que se lembravam, de ter visto Bola-de-Neve na liderança na Batalha do Estábulo, de como ele cerrara as fileiras dos animais e os encorajara o tempo todo, e de como não hesitara um instante que fosse, mesmo quando os projéteis da espingarda de Jones lhe feriram o lombo. A princípio, foi um pouco difícil conciliar tais lembranças com ele estando do lado de Jones. Até mesmo Sansão, que raramente fazia perguntas, ficou confuso. Ele se deitou sobre os cascos dianteiros, fechou os olhos, e, com um tremendo esforço, formulou os pensamentos.

— Não acredito nisso — afirmou. — Bola-de-Neve lutou bravamente na Batalha do Estábulo. Eu vi com meus próprios olhos. Não o condecoramos "Herói Animal, Primeira Classe" logo em seguida?

— Esse foi o nosso erro, camarada. Pois agora sabemos, como está escrito nos documentos secretos que encontramos, que, na realidade, ele estava tentando nos levar para a nossa destruição.

— Mas ele foi ferido — argumentou Sansão. — Todos nós o vimos sangrando.

— Isso foi parte do combinado! — exclamou Garganta. — O tiro de Jones apenas o pegou de raspão. Se você fosse capaz de ler, eu lhe mostraria isso na própria letra dele. O plano era para Bola-de-Neve, em um momento crítico, dar o sinal para recuar, deixando o campo livre para o inimigo. E ele quase foi bem-sucedido. Chego a dizer que TERIA SIDO bem-sucedido, senão pelo nosso heroico líder, o Camarada Napoleão. Não se recordam como, justamente no instante em que Jones e seus homens invadiram o pátio, Bola-de-Neve de repente se virou e bateu em retirada, sendo seguido por muitos dos animais? E não se recordam também como foi nesse exato momento, quando o pânico se instalava, e tudo parecia perdido, que o Camarada Napoleão se adiantou com um brado de "Morte para a Humanidade!" e fincou as presas na perna de Jones? Com certeza devem se lembrar DISSO, camaradas! — enfatizou Garganta, saltitando de um lado para o outro.

Agora, com Garganta descrevendo tão graficamente a cena toda, os animais pareceram se lembrar. De qualquer modo, recordavam-se de Bola-de-Neve batendo em retirada em um momento crítico da batalha. Mas Sansão ainda não estava convencido.

— Não acredito que Bola-de-Neve era um traidor desde o início — disse, por fim. — O que ele fez desde então é diferente. Mas acredito que foi um bom camarada na Batalha do Estábulo.

— Nosso líder, o Camarada Napoleão — anunciou Garganta, falando lenta e firmemente —, afirma categoricamente, eu disse categoricamente, camarada, que Bola-de--Neve era um agente de Jones desde o início, sim, e muito antes da Revolução ser concebida.

— Ah, aí é diferente! — afirmou, Sansão. — Se é o que o Camarada Napoleão diz, deve ser verdade.

— É assim que se fala, camarada! — exclamou Garganta, mas não havia como deixar de notar o olhar atravessado que lançou para Sansão. Ele se virou para ir embora; contudo, parou e acrescentou: — Aviso a todos os animais desta fazenda para ficarem de olhos abertos. Pois temos razões para crer que agentes secretos de Bola-de-Neve se encontram entre nós neste momento!

Quatro dias depois, no final da tarde, Napoleão ordenou que todos os animais da fazenda se encontrassem no pátio. Quando todos estavam reunidos, Napoleão emergiu da casa principal da fazenda, usando ambas as suas medalhas (pois recentemente se condecorara "Herói Animal, Primeira Classe" e "Herói Animal, Segunda Classe"), rodeado pelos nove enormes cães, rosnando de tal maneira a deixar os animais arrepiados de medo. Todos se encolheram silenciosamente nos seus lugares, parecendo saber de antemão que algo terrível estava prestes a acontecer.

Com postura austera, Napoleão passou os olhos pela plateia; depois, emitiu um guincho agudo. Na mesma hora, os cães se adiantaram, agarrando quatro dos porcos pela orelha e os arrastando, gritando de dor e medo, até os pés de Napoleão. As orelhas dos porcos estavam sangrando, os cães haviam provado sangue, e, por um instante, pareciam ter enlouquecido. Para a surpresa geral, três deles saltaram na direção de Sansão. Sansão percebeu a manobra e estendeu a pata maciça, acertando um dos cães em pleno ar, e imobilizando-o de encontro ao chão. O cão ganiu pedindo misericórdia, e os dois outros bateram em retirada com os rabos entre as pernas. Sansão olhou para Napoleão, para saber se deveria esmagar o cão até a morte, ou soltá-lo. A postura de Napoleão pareceu mudar, e ele ordenou para que Sansão soltasse o cão. Sansão ergueu a pata, e o cachorro saiu correndo, machucado e ganindo.

Na mesma hora, o burburinho se silenciou. Os quatro porcos aguardavam trêmulos, com a culpa estampada nos rostos. Napoleão ordenou que confessassem seus crimes.

Eram os mesmos porcos que protestaram quando Napoleão aboliu as Reuniões dominicais. Sem hesitação, confessaram que, em segredo, mantinham contato com Bola-de-Neve desde a sua expulsão, e que haviam colaborado na destruição do moinho de vento, e que haviam combinado com ele de entregar a Fazenda dos Bichos para o Sr. Frederick. Acrescentaram que, em particular, Bola-de-Neve admitira para eles que há anos era o agente secreto do Sr. Jones. Quando terminaram a confissão, os cães na mesma hora lhes destroçaram as gargantas, e, em um tom de voz terrível, Napoleão exigiu saber se algum dos outros animais tinha algo a confessar.

Três galinhas que haviam liderado a tentativa de rebelião por conta dos ovos se adiantaram e afirmaram que Bola-de-Neve aparecera para elas em um sonho, incitando para que desobedecessem às ordens de Napoleão. Elas também foram trucidadas. Depois, um ganso apresentou-se para confessar ter escondido seis espigas de milho durante a colheita do ano passado, comendo-as depois, à noite. Uma ovelha confessou ter urinado no lago que servia de bebedouro, instigada, de acordo com ela, por Bola-de-Neve. E duas outras ovelhas confessaram ter assassinado um carneiro velho, um seguidor devoto de Napoleão, perseguindo-o ao redor de uma fogueira quando ele estava tendo acessos de tosse. Todos foram mortos na hora. E a história de confissões e execuções prosseguiu até haver uma pilha de corpos aos pés de Napoleão, e o ar estar carregado do cheiro de sangue, algo desconhecido na fazenda desde a expulsão de Jones.

Quando tudo terminou, os animais restantes, exceto pelos porcos e pelos cães, retiraram-se um a um, trêmulos, tristes e confusos. Não sabiam o que era pior, a traição dos animais que haviam se juntado ao Bola-de-Neve, ou a cruel justiça que haviam acabado de testemunhar. No passado, cenas de derramamento de sangue igualmente terríveis não foram incomuns, mas o fato de estar acontecendo entre eles parecia tornar tudo muito pior. Desde que Jones deixara a fazenda, até hoje, nenhum animal matara outro animal. Sequer um rato fora morto. Marcharam na direção do morro onde repousava o moinho de vento semiacabado, e, de aparente comum acordo, todos se deitaram, como que buscando o calor um do outro — Quitéria, Maricota, Benjamin, as vacas, as ovelhas, todos os gansos e galinhas, todo o mundo, na verdade, exceto pela gata, que subitamente desaparecera, pouco antes de Napoleão ordenar que os animais se reunissem. Por algum tempo, ninguém disse nada. Apenas Sansão permaneceu de pé. Estava irrequieto, a comprida cauda negra açoitando as próprias ancas, um ocasional relincho de surpresa lhe escapando os lábios. Por fim, disse:

— Não entendo. Jamais teria acreditado que tais coisas pudessem acontecer na nossa fazenda. Deve ser alguma falha nossa. A solução, como eu vejo, é trabalhar ainda mais duro. De agora em diante, acordarei uma hora mais cedo de manhã.

E ele se afastou, trotando, em direção à pedreira. Ao chegar lá, coletou duas cargas sucessivas de pedras, e arrastou-as até o moinho de vento, antes de se retirar pela noite.

Sem falar, os animais se acomodaram ao redor de Quitéria. O morro onde estavam oferecia uma bela vista da região. Podiam avistar a maior parte da Fazenda dos Bichos. O pasto que se estendia até a estrada principal, os campos de feno, o bosque, o lago, os campos arados, onde o trigo já brotava, verde e espesso, e os telhados vermelhos dos galpões da fazenda, com fumaça brotando das chaminés. Era um límpido fim de tarde de primavera. A grama e as verdejantes cercas-vivas reluziam sob os raios baixos do sol. Jamais a fazenda (e, com surpresa, recordaram-se de que era a fazenda deles; cada centímetro dela, sua propriedade) parecera um lugar tão desejoso para os animais. Os olhos de Quitéria se marejaram de lágrimas ao fitar colina abaixo. Caso pudesse dar voz aos seus pensamentos, teria dito que aquele não fora o objetivo deles quando se puseram a trabalhar pela derrubada da raça humana, anos atrás. Tais cenas de terror e matança não estavam nos planos deles na noite em que o velho

Major pela primeira vez os encorajara a se rebelar. Se tivera uma imagem do futuro, fora de uma sociedade de animais libertada da fome e do chicote, todos iguais, cada um trabalhando de acordo com a sua capacidade, os fortes protegendo os fracos, como ela protegera a ninhada de patinhos com a pata dianteira na noite do discurso do Major. Em vez disso, sem que Quitéria soubesse o motivo, haviam chegado a um momento em que ninguém ousava dizer o que estava pensando, quando cães ferozes e rosnando rondavam por tudo quanto era canto, e quando era preciso ver os camaradas sendo despedaçados após terem confessado crimes chocantes. Na sua cabeça, não havia pensamentos de rebelião nem de desobediência. Sabia que, por pior que fossem as coisas, ainda estavam em situação muito melhor do que quando estavam nos dias de Jones. Independentemente do que pudesse acontecer, permaneceria fiel, trabalharia duro, cumpriria as ordens recebidas, e aceitaria a liderança de Napoleão. Todavia, ainda assim, não fora para aquilo que ela e os outros animais trabalharam tanto. Não fora para aquilo que haviam construído o moinho de vento e encarado as balas da espingarda de Jones. Tais eram seus pensamentos, embora lhe faltassem as palavras para expressá-los.

Por fim, achando que poderia ser um bom substituto para as palavras que não conseguia encontrar, ela começou a cantar "Bichos da Inglaterra". Os outros animais sentados ao seu redor a acompanharam, e eles entoaram a música três vezes, com afinação, mas lenta e tristemente, de um modo como jamais a haviam cantado.

Haviam acabado de cantar pela terceira vez quando Garganta, acompanhado de dois cães, aproximou-se com um ar de ter algo importante para comunicar. Ele anunciou que, por decreto especial do Camarada Napoleão, "Bichos da Inglaterra" fora abolida. Doravante, seria proibido cantá-la.

Os animais ficaram pasmos.

— Por quê? — perguntou Maricota.

— Não é mais necessária, camarada. "Bichos da Inglaterra" foi a canção da Revolução. Mas a Revolução está concluída. A execução dos traidores hoje à tarde foi o último ato. Os inimigos, tanto os externos quanto os internos, foram derrotados. Em "Bichos da Inglaterra" expressamos o nosso desejo de uma sociedade melhor em dias vindouros. Mas tal sociedade agora foi estabelecida. Claramente, a música perdeu o seu propósito.

Embora estivessem amedrontados, alguns dos animais poderiam ter protestado. Porém, naquele instante, as ovelhas deram início ao seu habitual balir de: "Quatro pernas bom, duas pernas ruim", que continuou por vários minutos, dando fim à discussão.

Sendo assim, "Bichos da Inglaterra" não foi mais cantada. Em seu lugar, Mínimo, o poeta, compôs uma nova canção que começava assim:

Fazenda dos Bichos, Fazenda dos Bichos,
Nenhum de nós jamais lhe fará mal!

E isso passou a ser cantado todas as manhãs, após o hasteamento da bandeira. Contudo, de algum modo, para os animais, nem a letra e nem a melodia pareciam se comparar às de "Bichos da Inglaterra".

8

Alguns dias mais tarde, quando o terror causado pelas execuções se dissipara um pouco, alguns dos animais se recordaram, ou pensaram ter se recordado, de que o Sexto Mandamento decretava que "Nenhum animal deverá matar outro animal". E, embora ninguém ousasse mencionar isso perto dos porcos e dos cães, a impressão geral era que a matança que ocorrera não se encaixava nisso. Quitéria pediu para Benjamin ler o Sexto Mandamento para ela, e, quando Benjamin, como sempre, disse que se recusava a meter o bedelho em tais questões, ela foi buscar Maricota. Maricota leu o Mandamento para ela. Ele dizia: "Nenhum animal deverá matar outro animal SEM MOTIVO". De algum modo, as duas últimas palavras haviam fugido da lembrança dos animais. Mas agora viam que o Mandamento não fora violado, afinal, claramente havia bom motivo para matar os traidores que tinham se aliado a Bola-de-Neve.

Durante aquele ano, os animais trabalharam ainda mais duro do que no ano anterior. Para reconstruir o moinho de vento, com as paredes com o dobro da espessura, e para concluir até a data marcada, juntamente ao o costumeiro trabalho na fazenda, era um feito e tanto. Houve dias em que os animais se sentiram como se tivessem trabalhado tanto, e se alimentado tão mal, quanto no tempo de Jones. Nas manhãs de domingo, Garganta, trazendo uma enorme tira de papel nas patinhas, lia para eles uma lista de números que provavam que a produção de cada classe de alimento aumentara duzentos por cento, trezentos por cento e até quinhentos por cento, dependendo do caso. Os animais não viam motivo para duvidar dele, ainda mais quando não conseguiam se lembrar com clareza de como eram as condições antes da Revolução. Ainda assim, havia dias em que prefeririam ter números menos expressivos e mais comida.

Todas as ordens agora eram distribuídas por Garganta, ou por um dos outros porcos. Napoleão só fazia uma aparição pública a cada duas semanas. E, quando aparecia, não era acompanhado apenas de seu séquito de cães, mas também de um jovem galo preto que marchava na frente dele, agindo como uma espécie de trombeteiro, soltando um cocoricó bem alto antes de cada fala de Napoleão. Segundo os rumores, até mesmo na casa principal da fazenda, Napoleão ocupava aposentos separados dos outros. Ele fazia as suas refeições a sós, servido apenas por dois dos cães, e sempre usava o jogo de pratos de porcelana da cristaleira da sala de estar para comer. Também foi anunciado que a espingarda seria disparada todos os anos no aniversário de Napoleão, assim como nas duas outras datas comemorativas.

Napoleão não era mais chamado de apenas "Napoleão". Sempre se referiam a ele de maneira formal, como: "nosso Líder, Camarada Napoleão", e os porcos gostavam de inventar títulos para ele, tais como: "Pai de Todos os Animais", "Terror da Humanidade", "Protetor do Rebanho", "Amigo das Ninhadas", e coisas do gênero. Nos seus discursos, Garganta falava com lágrimas rolando pelas faces da inteligência de Napoleão, da bondade do seu coração, e do profundo amor que tinha por todos os animais, em tudo quanto era lugar, até mesmo, e especialmente, pelos infelizes animais que ainda viviam na ignorância e na escravidão nas outras fazendas. Tornara-se comum dar a Napoleão crédito por todos os êxitos, e por todo lance de sorte. Era comum escutar uma galinha dizer para a outra: "Sob a orientação do nosso Líder, o Camarada Napoleão, eu pus cinco ovos em seis dias", ou duas vacas bebendo no lago exclamando:

"Graças à liderança do Camarada Napoleão, esta água está deliciosa!". A sensação geral na fazenda foi muito bem expressada no poema intitulado Camarada Napoleão, composto por Mínimo, e que dizia o seguinte:

O amigo dos órfãos!
Verdadeira fonte de alegria!
Senhor do balde de lavagem! Ah, como minha alma se
Incendeia quando fito seu
Olhar calmo e autoritário,
Como o sol nos céus,
Camarada Napoleão!

És aquele que tudo dá,
Aquilo que as criaturas amam,
Barriga cheia duas vezes por dia, feno limpo nos leitos.
Todos os bichos, sejam grandes e pequenos,
Dormem nas suas baias em paz,
Enquanto zela por nós,
Camarada Napoleão!

Tivesse eu um leitão,
Antes mesmo que chegasse
Do tamanho de um barril ou de um garrafão,
Ele já teria aprendido

A sempre ser fiel e leal a você,
Na verdade, o primeiro guincho do meu leitão seria
Camarada Napoleão!

Napoleão aprovou o poema, e fez com que fosse gravado na parede do grande celeiro, na que ficava do lado oposto aos Sete Mandamentos. Acima dele, foi colocado um retrato pintado de Napoleão de perfil, assinado por Garganta.

Enquanto isso, graças ao intermédio de Whymper, Napoleão se encontrava em meio a complicadas negociações com Frederick e Pilkington. A pilha de madeira ainda não fora vendida. Dos dois, Frederick era o mais ansioso para tê-la nas mãos, mas ele se recusava a oferecer um preço razoável. Ao mesmo tempo, começaram a circular rumores de que Frederick e seus homens estavam planejando atacar a Fazenda dos Bichos, destruindo o moinho de vento, a construção que despertara uma fúria invejosa nele. Diziam que Bola-de-Neve ainda estava escondido na Fazenda Pinchfield. No meio do verão, os animais ficaram alarmados ao saberem que três galinhas haviam se apresentado, confessando que, inspiradas por Bola-de-Neve, haviam participado de um complô para assassinar Napoleão. Elas foram executadas imediatamente, e novas medidas para a segurança de Napoleão foram tomadas. Quatro cães lhe guardavam a cama durante a noite, um em cada canto, e um porquinho chamado Rosito recebeu a tarefa de provar toda a comida antes que Napoleão a consumisse, para evitar que ele fosse envenenado.

Por volta da mesma época em que ficou sabido que Napoleão combinara vender a pilha de madeira para o Sr. Pilkington, circulou a notícia de que ele também ia entrar em acordo para a troca regular de certos produtos entre a Fazenda dos Bichos e Foxwood. Embora as relações entre Napoleão e Pilkington fossem quase que exclusivamente conduzidas através de Whymper, elas eram quase amistosas agora. Como um ser humano, os animais não confiavam em Pilkington, mas, de longe, preferiam ele a Frederick, que eles temiam e odiavam. Com o avanço do verão, e a construção do moinho de vento quase concluída, os rumores de um iminente ataque traiçoeiro se tornavam cada vez mais insistentes. Pelo que diziam, Frederick pretendia lançar vinte homens contra eles, todos devidamente armados, e ele já subornara as autoridades, de modo que, quando tivesse em mãos os títulos de propriedade da Fazenda dos Bichos, não haveria perguntas. Pior ainda, terríveis histórias vinham de Pinchfield sobre as crueldades a que Frederick submetia seus animais. Ele açoitara um velho cavalo até a morte, matava de fome suas vacas, matara um cão ao jogá-lo na fornalha, e, às noites, divertia-se colocando galos para brigarem com lâminas afiadas presas aos esporões. O sangue dos animais fervia de raiva ao escutar as coisas a que eram submetidos os seus camaradas, e, às vezes, clamavam por permissão para atacar em massa a Fazenda Pinchfield, expulsando os humanos e libertando os animais. Porém, Garganta os aconselhava a evitar ações impulsivas e a confiar na estratégia do Camarada Napoleão.

Ainda assim, o ódio contra Frederick continuava no seu mais alto patamar. Certa manhã de domingo, Napoleão apareceu no celeiro e explicou que sequer lhe passou pela cabeça vender a pilha de madeira para Frederick. Disse que sua dignidade não permitia que fizesse negócios com tal espécie de canalha. Os pombos enviados para espalhar as sementes da Revolução foram proibidos de sequer chegar perto de Foxwood e também receberam ordens de trocar seu lema de "Morte para a Humanidade" para "Morte para Frederick". No final do verão, outro plano maquiavélico de Bola-de-Neve veio à luz. A safra de trigo estava repleta de joio, e foi descoberto que, em uma de suas visitas noturnas, Bola-de-Neve misturara as sementes do joio com as sementes do trigo. Um ganso que soubera da estratégia confessara a sua culpa para Garganta, e na mesma hora cometeu suicídio ao ingerir as letais frutinhas de erva-moura. Os animais também descobriram que, ao contrário do que muitos deles até então acreditavam, Bola-de-Neve jamais fora condecorado "Herói Animal, Primeira Classe". Isso não passava de uma lenda que fora espalhada após a Batalha do Estábulo pelo próprio Bola-de-Neve. Na verdade, em vez de ser condecorado, ele fora censurado por demonstrar tamanha covardia em meio à batalha. Mais uma vez, os animais receberam a notícia com uma certa incredulidade, mas Garganta logo foi capaz de convencê-los de que suas lembranças estavam enganadas.

No outono, após um tremendo e exaustivo esforço, pois a colheita teve de acontecer quase ao mesmo tempo, a obra do moinho de vento foi concluída. O maquinário ainda precisava ser instalado e Whymper estava negociando a sua compra, mas a estrutura estava completa. Apesar de todas as dificuldades, a despeito da inexperiência, de ferramentas primitivas, do azar e da traição de Bola-de-Neve, o trabalho fora concluído pontualmente no dia marcado! Exaustos, porém orgulhosos, os animais caminhavam ao redor da sua obra-prima, que, aos seus olhos, parecia ainda mais linda do que quando fora construída da primeira vez. Além disso, as paredes tinham o dobro da espessura de antes. Desta vez, nada além de explosivos conseguiria derrubá-las! E, quando pensavam no quanto trabalharam, nos obstáculos que superaram, e na enorme diferença que aquilo faria nas suas vidas quando as pás estivessem girando e os dínamos acionados... Só de pensar nisso tudo, sentiam a exaustão os abandonando e, com brados triunfantes, rodeavam saltitantes o moinho de vento. O próprio Napoleão, acompanhado dos cães e do jovem galo, veio inspecionar a obra completada. Ele pessoalmente cumprimentou os animais pelo êxito, e anunciou que o moinho de vento seria batizado de Moinho Napoleão.

Dois dias mais tarde, os animais foram convocados para uma assembleia especial no celeiro. Ficaram atônitos quando Napoleão anunciou que vendera a pilha de madeira para Frederick. Amanhã, as carroças de Frederick chegariam para transportar o carregamento. Durante todo o período de aparente amizade com Pilkington, Napoleão estivera negociando em segredo com Frederick.

Todas as relações com Foxwood foram rompidas, mensagens insultuosas foram enviadas para Pilkington. Os pombos receberam ordens de evitar a Fazenda Pinchfield, e para mudar o seu lema de "Morte para Frederick" para "Morte para Pilkington". Ao mesmo tempo, Napoleão assegurou aos animais que as histórias de um iminente ataque à Fazenda dos Bichos eram completamente falsas, e que os relatos da crueldade de Frederick para com os próprios animais foram deveras exagerados. Tais boatos deviam ter se originado com Bola-de-Neve e seus agentes. Agora, parecia que, no final das contas, Bola-de-Neve não estava se escondendo na Fazenda Pinchfield, e nem jamais estivera lá. Segundo diziam, estava vivendo com grande luxo em Foxwood, e há anos que estava a soldo de Pilkington.

Os porcos estavam em êxtase ante a astúcia de Napoleão. Ao fingir se mostrar amigável com Pilkington, forçara Frederick a subir sua oferta em doze libras. Mas, de acordo com Garganta, a qualidade superior da inteligência de Napoleão foi provada pelo fato de que ele não confiava em ninguém, nem mesmo em Frederick. Frederick quisera pagar pela madeira com algo chamado cheque, que parecia ser uma folha de papel com uma promessa de pagamento escrita nela. Mas Napoleão era esperto demais. Exigira o pagamento em notas reais de cinco libras, que deveriam ser entregues antes da madeira ser removida. Frederick já efetuara o pagamento, e a quantia paga por ele seria o suficiente para comprar o maquinário para o moinho.

Enquanto isso, a madeira estava sendo removida a todo vapor. Quando ela foi toda retirada, outra assembleia especial foi convocada no celeiro para os animais inspecionarem as cédulas bancárias de Frederick. Com um sorriso beatífico, e usando ambas as suas condecorações, Napoleão estava acomodado no costumeiro leito de palha na plataforma, com o dinheiro empilhado ao seu lado, em um prato da louça da cozinha da casa principal da fazenda. Em fila indiana, os animais desfilavam lentamente diante dele, cada um podendo admirar à vontade. Sansão estendeu o nariz para cheirar as cédulas bancárias, e as coisinhas delicadas ameaçaram levantar voo sob o ar saído das narinas.

Três dias mais tarde houve um tremendo deus-nos-acuda. Whymper, seu rosto com uma palidez cadavérica, chegou em disparada de bicicleta na fazenda, largou-a no chão do pátio e correu direto para a casa principal. No instante seguinte, pôde-se escutar um rugido de fúria vindo dos aposentos de Napoleão. As notícias do que havia acontecido se espalharam pela fazenda como fogo no capim seco. As cédulas bancárias eram falsificações! Frederick conseguira a madeira sem pagar nada!

Napoleão na mesma hora reuniu os animais, e, em um tom de voz de dar medo, proclamou a sentença de morte de Frederick. Quando capturado, Frederick deveria ser escaldado vivo. Ao mesmo tempo, alertou que, após tal ato traiçoeiro, deveriam esperar o pior. Frederick e seus homens poderiam realizar o ataque há muito esperado a qualquer instante. Sentinelas foram postadas em todos os acessos à fazenda. Além disso, quatro pombos foram enviados para Foxwood com uma mensagem conciliatória, na esperança de reestabelecer boas relações com Pilkington.

O ataque veio na manhã seguinte. Os animais estavam no café da manhã quando os vigias chegaram correndo com a notícia de que Frederick e os seguidores já haviam cruzado o portão de barras de ferro. Com coragem, os animais foram ao encontro deles, todavia, desta vez, não tiveram a mesma vitória fácil que tiveram na Batalha do Estábulo.

Havia quinze homens, com meia dúzia de espingardas divididas entre eles, e abriram fogo quando estavam a menos de cinquenta metros de distância. Os animais não conseguiram encarar as terríveis explosões e nem os dolorosos projéteis, e, a despeito dos esforços de Napoleão e de Sansão para encorajá-los, logo bateram em retirada. Vários deles já estavam feridos. Eles buscaram refúgio nos galpões da fazenda, espiando cautelosamente para fora através de frestas e falhas na madeira das paredes. Todo o pasto, inclusive o moinho de vento, estava nas mãos do inimigo. Por um instante, até mesmo Napoleão pareceu perdido. Sem dizer uma palavra, ele andava de um lado para o outro, ocasionalmente lançando um olhar esperançoso na direção de Foxwood. Se Pilkington e seus homens se dispusessem a ajudá-los, a vitória ainda poderia ser alcançada naquele dia. Contudo, naquele instante, os quatro pombos que haviam sido enviados no dia anterior retornaram, um deles trazendo um pedaço de papel enviado por Pilkington. Nele, escrita à lápis, estava a palavra: "Bem feito!".

Enquanto isso, Frederick e seus homens haviam se detido nos arredores do moinho de vento. Os animais os observavam, e um burburinho desanimado se espalhou pelo grupo. Dois dos homens se adiantaram com um pé de cabra e uma marreta.

– Impossível! — exclamou Napoleão. — Construímos as paredes grossas demais para isso. Nem que tentem a semana toda conseguirão derrubar. Coragem, camaradas!

Mas Benjamin estava prestando toda a atenção nos movimentos dos homens. Os dois com a marreta e o pé de cabra estavam escavando um buraco na base do moinho de vento. Lentamente, com um ar de grande interesse, Benjamin assentiu com o comprido focinho.

— Foi o que eu pensei — disse. — Não percebem o que eles estão fazendo? Mais um instante, e vão despejar pólvora naquele buraco.

Apavorados, os animais aguardaram. Agora, era impossível arriscarem a deixar o abrigo dos galpões. Após alguns minutos, os homens foram vistos correndo para tudo quanto era direção. Depois, escutou-se um rugido ensurdecedor. Os pombos levantaram voo, e todos os animais, com a exceção de Napoleão, jogaram-se de bruços no chão, escondendo os rostos. Quando voltaram a se levantar, avistaram uma enorme nuvem de fumaça negra no lugar onde antes estivera o moinho de vento. Lentamente, a brisa a soprou para longe. O moinho de vento deixara de existir!

Ante a visão, a coragem dos animais retornou. O medo e o desespero que haviam sentido instantes antes foram esquecidos por conta da fúria que se ergueu contra aquela vilania ignóbil. Um poderoso brado de vingança ecoou, e sem aguardar ordens, eles se reuniram, e como um corpo único, avançaram direto para o inimigo. Desta vez, ignoraram os projéteis cruéis que rasgaram o ar sobre suas cabeças. Foi uma batalha selvagem e brutal. Os homens dispararam repetidamente suas espingardas, e, quando os animais chegaram para o corpo a corpo, golpearam com seus porretes e botas pesadas. Uma vaca, três ovelhas, e dois gansos foram mortos, e quase todos os outros saíram feridos. Até mesmo Napoleão, que estava dirigindo as manobras da retaguarda, teve a ponta do rabo arrancada por um projétil. Mas os homens também não saíram ilesos. Três deles tiveram as cabeças abertas por coices dos cascos de Sansão, outro foi escornado na barriga pelo chifre de uma das vacas, outro quase teve as calças arrancadas por Lulu e Branca. E, quando os nove cães do grupo de guarda-costas de Napoleão, que ele instruíra para fazer um desvio escondidos pelas cercas-vivas, subitamente apareceram no flanco dos homens, latindo ferozmente, o pânico se instaurou entre os invasores. Eles perceberam que estavam correndo o risco de acabar cercados. Frederick gritou para os homens fugirem enquanto ainda era possível, e, no instante seguinte, o inimigo covardemente bateu em retirada para salvar a própria vida. Os animais foram no seu encalço até o fim do pasto, desferindo ainda alguns últimos golpes enquanto os homens abriam caminho através do espinheiral.

Os bichos venceram, mas estavam exaustos e sangrando. Lentamente, retornaram mancando na direção da fazenda. A visão dos camaradas mortos estendidos sobre a grama levou alguns deles às lágrimas. E, por algum tempo, detiveram-se em pesaroso silêncio no local onde antes estivera o moinho de vento. Sim, ele fora destruído, quase o último vestígio do trabalho deles desaparecera! Até mesmo os alicerces estavam parcialmente destruídos. E, ao contrário de antes, se tentassem reconstruí-los, não poderiam fazer uso das pedras caídas, pois, desta vez, as pedras também haviam desaparecido. A força da explosão as arremessara a centenas de metros. Era como se o moinho de vento jamais houvesse existido.

Ao se aproximarem da fazenda, Garganta, que misteriosamente desaparecera durante o combate, veio saltitando na direção deles, sacudindo o rabo e sorrindo com satisfação. E, vindo da direção dos galpões da fazenda, os animais escutaram o solene estrondo de uma espingarda.

— Por que estão disparando a espingarda? — perguntou Sansão.

— Para celebrar a nossa vitória! — exclamou Garganta.

— Que vitória? — retrucou Sansão.

Seus joelhos estavam sangrando, ele perdera uma ferradura, rachara o casco e uma dúzia de projéteis haviam se alojado na sua perna traseira.

— Como assim, que vitória, camarada? Não expulsamos o inimigo de nossa terra, da terra sagrada da Fazenda dos Bichos?

— Mas eles destruíram o moinho de vento. E nós trabalhamos nele por dois anos!

— Que importa? Construiremos outro moinho de vento. Se quisermos, construiremos seis moinhos de vento. Não consegue dar valor à conquista importante que acabamos de alcançar, camarada. O inimigo estava ocupando este solo que estamos pisando. E agora... Graças à liderança de Napoleão, recuperamos cada centímetro dele!

— Quer dizer que recuperamos o que já tínhamos antes — afirmou Sansão.

— Essa é a nossa vitória — explicou Garganta.

Adentraram mancando o pátio. Os projéteis debaixo da pele da perna de Sansão ardiam dolorosamente. Ele podia ver no seu futuro o pesado trabalho de reconstrução do moinho de vento desde os alicerces, e, na sua imaginação, já estava se preparando para a tarefa. Contudo, pela primeira vez, deu-se conta de que tinha onze anos de idade, e que, talvez, seus poderosos músculos já não fossem mais os mesmos.

Todavia, quando os animais viram a bandeira verde tremulando ao vento, e ouviram a espingarda disparar novamente, sete vezes ao todo, e escutaram o discurso de Napoleão congratulando-os por sua conduta, realmente começou a parecer para eles que haviam conquistado uma grande vitória. Os animais mortos na batalha receberam um funeral solene. Sansão e Quitéria puxaram a carroça que serviu de carro fúnebre, e Napoleão em pessoa tomou a dianteira do cortejo. As comemorações duraram dois dias. Houve canções, discursos, a espingarda foi disparada novamente, e um presente especial de uma maçã foi concedido a cada animal, com cinquenta gramas de milho para cada ave e três biscoitos para cada cão. Foi anunciado que a batalha se chamaria Batalha do Moinho de Vento, e que Napoleão criara uma nova condecoração, a Ordem da Flâmula Verde, que conferira a si mesmo. Em meio à alegria generalizada, a infeliz questão das cédulas bancárias foi esquecida.

Alguns dias mais tarde, os porcos descobriram uma caixa de uísque na adega da casa principal da fazenda. Ela não foi notada quando a casa foi ocupada. Naquela noite, sons de cantoria vieram da casa principal, e, para a surpresa de todos, trechos de "Bichos da Inglaterra" foram escutados. Por volta de nove e meia, Napoleão, usando um chapéu-coco do Sr. Jones, foi distintamente visto emergindo da casa pela porta dos fundos, galopando ao redor do pátio, e voltando a desaparecer no interior da residência. Contudo, na manhã, um pesado silêncio pairou sobre a casa principal da fazenda. Nenhum dos porcos parecia ter despertado. Já era quase nove da manhã quando Garganta apareceu, abatido e caminhando com lentidão, o olhar meio estúpido, o rabo caído, e com toda a aparência de estar seriamente doente. Ele reuniu os animais e disse que tinha uma notícia terrível para dar. O Camarada Napoleão estava morrendo!

Escutou-se um grito de lamento. Palha foi depositada nas portas da casa principal da fazenda, e os animais andaram pé ante pé. Com lágrimas nos olhos, perguntavam uns aos outros o que haveriam de fazer se o Líder fosse tirado deles. Circulou o boato de que Bola-de-Neve conseguira enfim introduzir veneno na comida de Napoleão. Às onze, Garganta apareceu para fazer outro pronunciamento. Como seu ato final nesta vida, Camarada Napoleão sancionara um decreto solene: "A ingestão de álcool será punida com a morte!".

Entretanto, com o cair da noite, Napoleão parecia ter melhorado, e, na manhã seguinte, Garganta pôde anunciar que ele estava quase plenamente recuperado. Com o cair da noite daquele dia, Napoleão já retornara ao trabalho, e, no dia seguinte, ficou-se sabendo que ele instruíra Whymper a comprar alguns livretos sobre fermentação e destilação. Uma semana mais tarde, Napoleão ordenou que o cercado atrás do pomar, que, anteriormente, deveria ser reservado para a pastagem dos animais que não estavam mais em condições de trabalhar, deveria ser arado. Segundo disseram, o pasto estava exaurido e precisava ser ressemeado, mas logo se tornou sabido que Napoleão pretendia plantar cevada ali.

Mais ou menos na mesma época, ocorreu um estranho incidente que quase ninguém conseguiu entender. Certa noite, por volta da meia-noite, escutou-se um estrondo no pátio, e os animais deixaram às pressas suas baias. Era uma noite de lua cheia. Ao pé da parede dos fundos do grande celeiro, onde estavam escritos os Sete Mandamentos, havia uma escada partida ao meio. Garganta, momentaneamente atordoado, estava esparramado no chão junto a ela, tendo ao seu lado um lampião, um pincel, e uma lata de tinta branca derrubada. Os cães na mesma hora cercaram Garganta, escoltando-o de volta para a casa principal da fazenda assim que ele se sentiu apto a caminhar. Nenhum dos animais fazia ideia do que aquilo significava, exceto o velho Benjamin, que assentiu com o focinho, parecendo entender, sem falar nada.

Todavia, alguns dias mais tarde, Maricota, relendo os Sete Mandamentos para si mesma, notou que havia mais um lembrado erroneamente pelos animais. Achavam que o Quinto Mandamento era: "Nenhum animal deverá ingerir álcool", mas havia duas palavras que todos haviam esquecido. Na verdade, o Mandamento dizia: "Nenhum animal deverá ingerir álcool EM EXCESSO".

9

O casco rachado de Sansão demorou um bom tempo para sarar. Deram início à reconstrução do moinho de vento no dia seguinte ao término das comemorações da vitória. Sansão se recusou a tirar um único dia de folga que fosse, e tornou uma questão de honra pessoal não permitir que vissem que estava com dor. Ao cair das noites, admitia para Quitéria que o casco era motivo de grande preocupação para ele. Quitéria tratava o casco com cataplasmas que ela preparava mascando as ervas, e tanto ela quanto Benjamin insistiam para que Sansão não trabalhasse tanto. Mas Sansão se recusava a lhes dar ouvidos. Afirmava que só lhe restava uma única ambição, ver o moinho de vento em vias de estar pronto muito antes de ele chegar na idade da aposentadoria.

No início, quando as leis da Fazenda dos Bichos foram formuladas, as idades de aposentadoria estabelecidas para os porcos e para os cavalos eram aos doze anos de idade; para as vacas, aos quatorze; para os cães, aos nove; para as ovelhas, aos sete; e, para as galinhas e para os gansos, aos cinco anos de idade. Generosas pensões de aposentadoria foram acordadas. Atualmente, nenhum animal já havia se aposentado e nem recebia pensão, todavia, nos últimos tempos, o assunto vinha sendo cada vez mais discutido. Agora que o pequeno campo atrás do pomar fora reservado para a cevada, circulavam rumores de que um cantinho do grande pasto seria cercado e reservado para os animais mais idosos. Para um cavalo, diziam que a pensão seria dois quilos e meio de milho por dia e, no inverno, sete quilos e meio de feno, com uma cenoura ou até mesmo uma maçã nos feriados públicos. O décimo segundo aniversário de Sansão seria no final do verão do ano seguinte.

Enquanto isso, a vida seguia dura. O inverno estava se mostrando tão frio quanto o anterior, e a comida ainda mais escassa. Mais uma vez, houve a redução de todas as rações, exceto as dos porcos e dos cães. Segundo Garganta explicou, uma igualdade demasiadamente rígida nas rações teria sido contrária aos princípios do Animalismo.

De qualquer modo, ele não teve dificuldade em provar para os outros animais que, na realidade, NÃO havia escassez de alimentos, independentemente do que pudesse aparentar. Por ora, com certeza, achou-se necessário fazer um reajuste das rações (Garganta sempre falava em "reajuste", jamais em "redução"), entretanto, em comparação com os dias de Jones, a melhora era enorme. Lendo os valores de comparação para eles com a sua voz aguda e rápida, o porco provou para eles de maneira detalhada que tinham mais feno, mais aveia, mais nabos do que durante no tempo de Jones; que trabalhavam menos horas, que a água para o consumo era de melhor qualidade, que eles viviam mais, que uma porção maior de suas crias sobreviviam à infância, e que tinham mais palha nas suas baias e sofriam menos com as moscas. Os animais acreditaram em cada palavra proferida. Verdade seja dita, Jones, e tudo que ele representava, já quase desaparecera de suas lembranças. Sabiam que a vida agora era dura e cheia de privações, que era comum sentirem fome e frio, e que, de um modo geral, quando não estavam dormindo, estavam trabalhando. Mas, sem dúvida nenhuma, antigamente fora muito pior. Era no que queriam acreditar. Além do mais, antigamente foram escravos, e agora eram livres, e isso fazia toda a diferença, como Garganta não deixou de salientar.

 Havia muito mais bocas a serem alimentadas agora. No outono, as quatro porcas haviam dado cria simultaneamente, ao todo somando trinta e um porquinhos. Os porquinhos eram todos malhados, e, considerando que Napoleão era o único varão da fazenda, não era difícil adivinhar a sua paternidade. Foi anunciado que, mais tarde, quando os tijolos e a madeira tivessem sido comprados, uma sala escolar seria construída no jardim da casa principal da fazenda. Por ora, os porquinhos seriam instruídos pelo próprio Napoleão na cozinha. Eles se exercitavam no jardim, e eram desencorajados a brincar com os outros animais mais jovens. Mais ou menos na mesma época, foi estabelecida uma regra de que quando um porco e qualquer outro animal se encontrassem numa trilha, o outro animal deveria ceder a passagem. E também que, todos os porcos, independentemente do seu grau hierárquico, teriam o privilégio de usar fitas verdes presas nos rabos aos domingos.

A fazenda tivera um ano relativamente bem-sucedido, contudo, ainda faltava dinheiro. Precisavam ser comprados os tijolos, a areia e o cal para a sala escolar, e também seria necessário começar a economizar para o maquinário do moinho de vento. Também havia óleo para os lampiões e velas para a casa principal, açúcar para a mesa do próprio Napoleão (ele proibia isso para os outros porcos, alegando que os engordava demais), e todas as costumeiras substituições, tipo ferramentas, pregos, cordas, carvão, arames, sucata de ferro e biscoitos para os cães. Um monte de feno e parte da safra de batatas foram vendidos, e o contrato dos ovos foi aumentado para seiscentos por semana, de modo que, naquele ano, as galinhas mal chocaram pintinhos o suficiente para manter no mesmo nível do número delas. As rações, reduzidas em dezembro, foram reduzidas novamente em fevereiro, e os lampiões nas baias foram proibidos para economizar óleo. Contudo, os porcos pareciam ter todo o conforto, e, na realidade, pareciam até estar ganhando peso. Certa tarde de fevereiro, um aroma forte, de dar água na boca, do tipo que os animais jamais haviam sentido, espalhou-se pelo pátio, vindo da cervejaria atrás da cozinha, que caíra em desuso nos tempos de Jones. Alguém disse que era o aroma de cevada cozida. Os animais farejaram avidamente o ar, e ficaram a imaginar se a mistura não estaria sendo preparada para a ceia deles. Mas nenhuma mistura quentinha lhes foi oferecida, e, no dia seguinte, foi anunciado que, doravante, toda a cevada seria reservada para os porcos. O campo atrás do pomar já fora semeado com cevada. E logo começou a circular a notícia de que cada porco agora recebia meio litro de cerveja por dia, com Napoleão recebendo dois litros, sempre servidos para ele na baixela de porcelana.

Mas, se existiam dificuldades a serem superadas, estas eram parcialmente abrandadas pelo fato de que havia muito mais dignidade na vida hoje em dia do que antes. Havia mais canções, mais discursos, mais desfiles. Napoleão ordenara que, uma vez por semana, ocorreria algo chamado Demonstração Espontânea, cujo objetivo era celebrar as lutas e os triunfos da Fazenda dos Bichos. Na hora marcada, os animais deixavam o trabalho e marchavam ao redor dos galpões da fazenda, em formação militar, com os porcos vindo na frente, seguidos dos cavalos, das vacas, das ovelhas, e, por fim, das aves. Os cães flanqueavam a procissão, e, na frente de todos, vinha o jovem galo preto de Napoleão. Sansão e Quitéria sempre traziam entre si um estandarte verde (marcado com o casco), o chifre e os dizeres: "Vida Longa ao Camarada Napoleão!". Depois, havia recitações de poemas compostos em honra de Napoleão, e um discurso por Garganta, dando detalhes dos recentes aumentos na produção de alimentos, e, de vez em quando, a espingarda era disparada. As ovelhas eram as maiores devotas da Demonstração Espontânea, e, caso alguém se queixasse (como alguns animais às vezes faziam, quando não havia porcos nem cães por perto) de que era desperdício de tempo, e que significava tempo demais expostos ao frio, as ovelhas tratavam de silenciar o descontente com um tremendo balir de: "Quatro pernas bom, duas pernas ruim!". Entretanto, de um modo geral, os animais gostavam de tais celebrações. Achavam reconfortante serem lembrados de que, no final das contas, eram verdadeiramente donos do próprio focinho, e que o trabalho que faziam beneficiava apenas eles mesmos. Sendo assim, as canções, as listas de dados de Garganta, o estrondo da espingarda, o canto do jovem galo, o tremular da bandeira ao vento, tudo ajudava a esquecer que as barrigas estavam vazias – ao menos por parte do tempo.

Em abril, a Fazenda dos Bichos foi proclamada uma República, e se tornou necessária a eleição de um Presidente. Houve apenas um candidato, Napoleão, que foi eleito por unanimidade. No mesmo dia, foi revelado que novos documentos foram descobertos revelando mais detalhes da cumplicidade de Bola-de-Neve com Jones. Agora parecia que, diferente do que os animais anteriormente tinham imaginado, Bola-de-Neve não apenas tentara perder a Batalha do Estábulo através de um estratagema, mas lutara abertamente do lado de Jones. Na verdade, ele fora o líder de fato das forças humanas, e travara a batalha com o grito de guerra "Vida Longa à Humanidade!" nos lábios. As feridas no lombo de Bola-de-Neve, ainda lembradas por alguns dos animais, na realidade foram infligidas pelos dentes de Napoleão.

No meio do verão, Moisés, o corvo, subitamente reapareceu na fazenda, após uma ausência de vários anos. Ele não mudara muito. Ainda não executava nenhum trabalho, e falava do mesmo jeito de sempre a respeito da Montanha de Açúcar Cande. Ele pousava em um toco de árvore, batia as asas negras, e falava por horas a fio com quem quer que estivesse disposto a escutá-lo.

— Lá em cima, camaradas — dizia, solenemente, apontando para o céu com o bico —, lá em cima, logo além daquela nuvem escura, dá para ver, ali se encontra a Montanha de Açúcar Cande, o lugar feliz onde nós pobres animais descansaremos para sempre da nossa labuta!

Ele até alegava já haver estado lá em um de seus voos mais altos, e de já ter visto os infinitos campos de trevos, e os bolos de linhaça e os torrões de açúcar que brotavam nas sebes. Muitos dos animais acreditavam nele. Suas vidas agora, pensavam, era laboriosa e sentiam sempre fome. Não era justo que existisse um mundo melhor em algum outro lugar? O que era difícil de entender era a atitude dos porcos para com Moisés. Com desdém, declaravam que as histórias dele sobre a Montanha do Açúcar Cande não passavam de mentiras, e, no entanto, permitiam que o corvo permanecesse na fazenda, sem trabalhar, com um abono de uma pequena caneca de cerveja por dia.

Depois que o casco sarou, Sansão trabalhava mais duro do que nunca. Na verdade, todos os animais trabalharam como escravos naquele ano. Além do trabalho regular da fazenda e a reconstrução do moinho de vento, havia a sala de aula para os porquinhos, cuja construção foi iniciada em março. Ocasionalmente, era difícil suportar as longas horas de trabalho com alimentação insuficiente; todavia, Sansão jamais esmorecia. Em nada do que ele dizia ou fazia se via sinais de que sua força já não era mais a mesma. Apenas a sua aparência estava um pouco alterada. Seu pelo estava menos lustroso do que costumava ser, e suas grandes ancas pareciam ter encolhido. Os outros disseram: "Sansão vai melhorar quando a grama da primavera brotar", mas a primavera chegou e Sansão não engordou. Às vezes, no declive que levava ao topo da pedreira, quando ele flexionava os músculos ante o peso de algum enorme pedregulho, parecia que a sua força de vontade era a única coisa a mantê-lo de pé. Em tais ocasiões, seus lábios pareciam formar as palavras: "Vou trabalhar ainda mais!", todavia, não lhe restava mais voz. Mais uma vez, Quitéria e Benjamin alertaram para que ele tomasse conta da saúde, mas Sansão não lhes deu atenção. Seu décimo segundo aniversário estava se aproximando. Não ligava para o que pudesse acontecer, contanto que uma boa quantidade de pedra estivesse acumulada antes que se aposentasse.

Certa noite de verão, um súbito rumor circulou pela fazenda que algo acontecera com Sansão. Ele fora sozinho arrastar uma carga de pedra até o moinho de vento, um rumor que provou ser verdadeiro. Poucos minutos depois, dois pombos vieram às pressas trazer a notícia.

— Sansão caiu! Ele está deitado de lado no chão, e não consegue se levantar!

Cerca de metade dos animais da fazenda saiu correndo na direção do morro onde ficava o moinho de vento. Lá estava deitado Sansão, ainda atrelado à carroça, o pescoço todo esticado, incapaz de levantar a cabeça. Os olhos estavam vidrados e o pelo empapado de suor. Um fino filete de sangue escorria de sua boca. Quitéria ajoelhou-se ao seu lado.

— Sansão — exclamou —, como você está?

— É o pulmão — Sansão esclareceu com a voz débil. — Não importa. Acho que poderão terminar o moinho de vento sem mim. Há uma boa quantidade de pedras acumuladas. De qualquer modo, só me restava um mês. Para ser sincero, eu estava ansioso pela minha aposentadoria. E talvez, como Benjamin também já está ficando velho, seja permitido que ele se aposente comigo para me fazer companhia.

— Precisamos de ajuda — afirmou Quitéria. — Rápido, alguém vá avisar Garganta sobre o que aconteceu.

Todos os outros animais saíram correndo na direção da casa principal da fazenda para dar a notícia para Garganta. Apenas Quitéria ficou para trás, e Benjamin, que, sem falar, deitou-se ao lado de Sansão, com a cauda comprida, mantendo as moscas longe do amigo. Após cerca de quinze minutos, Garganta apareceu, cheio de solidariedade e preocupação. Ele disse que o Camarada Napoleão soubera com profunda angústia do infortúnio que se abateu sobre um dos trabalhadores mais leais da fazenda, e já estava tomando providências para enviar Sansão para ser tratado no hospital em Willingdon. Isso não fez com que os animais se sentissem muito à vontade. Com a exceção de Mimosa e Bola-de-Neve, nenhum outro animal já deixara a fazenda, e não gostavam da ideia do camarada doente nas mãos dos seres humanos. Todavia, Garganta facilmente os convenceu de que os cirurgiões veterinários em Willingdon poderiam tratar o caso de Sansão de maneira mais satisfatória do que poderia acontecer na fazenda. E, cerca de meia hora mais tarde, quando Sansão já se recuperara um pouco, foi ajudado a se levantar, e, com dificuldade, mancou de volta para a sua baia, onde Quitéria e Benjamim haviam preparado um belo leito de palha para ele.

Sansão permaneceu na sua baia durante os dois dias seguintes. Os porcos haviam enviado uma grande garrafa de remédio cor-de-rosa que encontraram no armário de remédios do banheiro, e Quitéria tratou de ministrá-lo para Sansão duas vezes ao dia, após as refeições. Durante as noites, ela se deitava na baia do cavalo e conversava com ele, enquanto Benjamin afugentava as moscas. Sansão afirmava não se arrepender do que acontecera. Caso se recuperasse, poderia viver até mais uns três anos, e estava ansioso pelos dias tranquilos que passaria no canto do grande pasto. Seria a primeira oportunidade que teria para estudar e aumentar o seu conhecimento. Disse que pretendia dedicar o resto da sua vida a aprender as vinte e duas letras restantes do alfabeto.

Entretanto, Benjamin e Quitéria só conseguiam estar com Sansão após os horários de trabalho, e estava no meio do dia quando a carroça veio buscá-lo. Os animais estavam todos trabalhando nos campos de nabo sob a supervisão de um porco, e ficaram surpresos ao ver Benjamin galopando em direção aos galpões da fazenda, urrando o mais alto que podia. Era a primeira vez que viam Benjamin tão agitado. Pensando bem, era a primeira vez que se recordavam de já tê-lo visto galopando.

— Rápido, rápido! — gritava. — Venham agora mesmo. Estão levando Sansão embora!

Sem esperar as ordens do porco, os animais interromperam o trabalho e correram de volta para os galpões. Encontraram no pátio uma grande carroça fechada, puxada por dois cavalos, com letras escritas nas laterais e um homem de aparência astuta usando um chapéu-coco sentado no assento do condutor. E a baia de Sansão estava vazia.

Os animais rodearam a carroça.

— Adeus, Sansão! — gritaram. — Adeus!

— Tolos! Tolos! — berrava Benjamin, dando empinadas e batendo com força no chão com os cascos. — Tolos! Não estão vendo o que está escrito nas laterais da carroça?

Isso fez com que os animais parassem e se calassem. Maricota começou a ler em voz alta. Mas Benjamin a empurrou para o lado, e, em meio a um silêncio mortal, ele leu:

- "Alfred Simmonds, Matadouro de Cavalos e Fazedor de Cola, Willingdon. Negociador de Carcaças e Farinha de Ossos. Fornecedor de Canis". Será que não entendem o que isso significa? Estão levando Sansão para virar carniça!

Os animais exclamaram horrorizados. Naquele instante, o homem conduzindo a carroça açoitou os cavalos, colocando o veículo em movimento, trotando para fora do pátio. Todos os animais foram atrás, gritando o mais alto que podiam. Quitéria forçou a passagem até a frente do grupo. A carroça começou a acelerar. Ela arriscou um galope, mas o máximo que suas pernas cansadas lhe deram foi um trote largo.

— Sansão! — gritou. — Sansão! Sansão! Sansão!

E, naquele exato instante, como se tivesse escutado o tumulto do lado de fora, o rosto de Sansão, com a mancha branca no focinho, apareceu na janelinha na traseira da carroça.

— Sansão! — gritou angustiada Quitéria. — Sansão! Desça! Saia daí o mais rápido que puder! Vão levá-lo para a morte.

Os animais se juntaram a ela aos gritos.

— Saia daí, Sansão! Saia daí!

Mas a carroça já estava ganhando velocidade e abrindo uma boa distância deles. Não sabiam se Sansão entendera o que Quitéria dissera. Contudo, um instante mais tarde, o rosto dele desapareceu da janelinha e escutou-se o poderoso som de cascos vindo do interior da carroça. Ele estava tentando se libertar aos coices. Já fora o tempo em que alguns coices de Sansão teriam transformado a carroça em gravetos. Mas agora, sua força o abandonara, e em poucos instantes o som dos cascos foi ficando mais fraco, até desaparecer. Em desespero, os animais apelaram para os dois cavalos que puxavam a carroça para interromper o seu avanço.

— Camaradas, camaradas! — gritaram. — Não levem o seu próprio irmão para a morte.

Mas os brutamontes estúpidos, ignorantes demais para se dar conta do que estava acontecendo, simplesmente jogaram as orelhas para trás e aceleraram o passo. O rosto de Sansão não reapareceu na janelinha. Tarde demais, alguém pensou em correr à frente e fechar a porteira de barras de ferro, mas, um instante mais tarde, a carroça passou por ela, e rapidamente desapareceu na estrada. Sansão jamais voltou a ser visto.

Três dias mais tarde, foi anunciado que ele morrera no hospital em Willingdon, apesar de ter recebido os melhores cuidados que um cavalo poderia desejar. Garganta veio dar a notícia para os outros. Segundo ele, estivera presente durante as horas finais de Sansão.

— Foi a visão mais comovente que pude testemunhar em toda a minha vida! — afirmou Garganta, erguendo a pata para enxugar uma lágrima. — Permaneci ao lado do leito dele até o fim. No final, quase fraco demais para falar, sussurrou no meu ouvido que seu único arrependimento foi ter morrido antes de terminar o moinho de vento. "Adiante, camaradas!", sussurrou. "Adiante em nome da Revolução. Vida longa à Fazenda dos Bichos! Vida longa ao Camarada Napoleão! Napoleão está sempre certo!", foram as suas últimas palavras, camaradas.

Naquele instante, o comportamento de Garganta subitamente mudou. Ele ficou em silêncio por um instante, seus olhinhos desconfiadamente olhando de um lado para o outro, antes de prosseguir.

Chegara ao conhecimento dele, disse, que um boato tolo e cruel circulara na ocasião da remoção de Sansão. Alguns dos animais notaram que na carroça que levou Sansão estava escrito "Matadouro de Cavalos", e precipitadamente chegaram à conclusão de que Sansão estava sendo levado para o abatedouro. Era quase inacreditável que um animal pudesse ser tão tolo, afirmou Garganta. Com certeza, exclamou repleto de indignação, sacudindo o rabo e saltitando de um lado para o outro, com certeza conheciam o seu

Líder, o Camarada Napoleão, melhor do que isso? Mas, no fundo, a explicação era simples. A carroça anteriormente pertencera ao matadouro, e fora comprada pelo veterinário, que ainda não tivera tempo de apagar o letreiro. Foi assim que surgiu a confusão.

Os animais ficaram imensamente aliviados quando escutaram isso. E quando Garganta continuou a oferecer detalhes gráficos do leito de morte de Sansão, dos cuidados admiráveis que ele recebeu, e dos caríssimos remédios pagos por Napoleão, sem considerar por um segundo que fosse o seu custo, as últimas dúvidas foram dissipadas e a tristeza que sentiam pela morte do camarada foi abrandada pela noção de que este morrera feliz.

Napoleão em pessoa apareceu na assembleia do domingo seguinte, fazendo uma breve oração em homenagem a Sansão. Não fora possível, disse, trazer o corpo do camarada falecido para ser enterrado na fazenda, mas ele ordenara para que uma enorme coroa de flores confeccionada ali mesmo no jardim da fazenda fosse enviada para ser depositada no túmulo de Sansão. Em alguns dias, os porcos planejavam oferecer um banquete comemorativo para honrar a memória de Sansão. Napoleão encerrou o seu discurso com um lembrete das duas máximas favoritas de Sansão. "Eu trabalharei ainda mais!" e "O Camarada Napoleão está sempre certo!". Máximas, disse ele, que todos os animais deveriam adotar como suas.

No dia marcado para o banquete, a carroça da mercearia veio de Willingdon e deixou um grande engradado de madeira na porta da casa principal da fazenda. Naquela noite, o som de animada cantoria ecoou pela fazenda, seguido dos sons do que parecia ser uma violenta discussão, e terminou por volta das onze, com o ensurdecedor som de vidro se espatifando. No dia seguinte, ninguém deixou a casa principal da fazenda antes do meio-dia, e começou a circular o boato de que, de algum lugar ou outro, os porcos haviam adquirido dinheiro para comprar para eles mais uma caixa de uísque.

10

Anos se passaram, as estações indo e vindo, as vidas breves dos animais passando. Chegou a época em que ninguém se recordava dos tempos de antigamente, antes da Revolução, exceto por Quitéria, Benjamin, Moisés, o corvo, e alguns porcos.

Maricota estava morta. Branca, Lulu e Cata-Vento também estavam mortos. Jones também estava morto. Morrera em um lar para tratamento de alcoólatras em outra parte do país. Bola-de-Neve fora esquecido, exceto pelos poucos que o conheceram. Quitéria era uma velha égua matrona agora, reumática e com uma certa tendência a ter olhos remelentos. Ela já passara dois anos da idade de aposentadoria, mas, na realidade, nenhum animal jamais se aposentara ali na fazenda. Aquele papo de reservar parte do pasto para os animais mais idosos há muito fora esquecido. Napoleão agora era um varão maduro de cerca de cento e cinquenta quilos. Garganta estava tão gordo que tinha dificuldade até de abrir os olhos. Apenas Benjamin era basicamente o mesmo de sempre, exceto mais grisalho no focinho, e, desde a morte de Sansão, mais rabugento e taciturno do que nunca.

Havia mais criaturas na fazenda agora, embora tal aumento não estivesse à altura das expectativas dos anos iniciais da Revolução. Para muitos dos animais nascidos, a Revolução não passava de uma vaga tradição, contada de pai para filho, ao longo dos anos. Para os outros adquiridos, era algo que sequer haviam escutado qualquer menção antes de sua chegada na fazenda. A Fazenda dos Bichos agora possuía três cavalos além de Quitéria. Eram animais primorosos, trabalhadores capazes e bons camaradas, mas um tanto quanto estúpidos. Nenhum deles conseguiu ir além da letra B no aprendizado do alfabeto. Aceitavam sem ressalvas tudo que lhes era dito sobre a Revolução e sobre os princípios do Animalismo, especialmente quando vindo de Quitéria, por quem nutriam um respeito quase filial, mas era duvidoso que compreendessem muita coisa.

A fazenda estava mais próspera e organizada agora. Ela aumentara em dois campos, que foram comprados do

Sr. Pilkington. O moinho de vento por fim fora concluído com sucesso, e a fazenda possuía seu próprio elevador de feno e uma debulhadora, e vários novos galpões foram erguidos. O próprio Whymper comprara uma charrete. Todavia, no final das contas, o moinho de vento não fora usado na geração de energia elétrica. Ele foi usado para moer o milho, resultando em um belo lucro monetário. Os animais estavam trabalhando duro na construção de outro moinho de vento. Diziam que os dínamos seriam instalados assim que a construção fosse concluída. Contudo, os luxos outrora descritos por Bola-de-Neve para os animais, as baias com luz elétrica, a água quente e fria e a semana de três dias, há muito foram esquecidos. Napoleão denunciara tais ideias como sendo contrárias ao espírito do Animalismo. De acordo com ele, a verdadeira felicidade residia no trabalho duro e na subsistência frugal.

De algum modo, a fazenda parecia ter ficado mais rica, sem tornar os animais em si mais ricos, exceto, é claro, pelos porcos e pelos cães. Talvez isso se devesse ao fato de haver tantos porcos e cães. Não era como se, ao seu modo, tais criaturas não trabalhassem. Como Garganta não cansava de explicar, havia um trabalho interminável de supervisão e organização da fazenda. Boa parte desse trabalho era do tipo que os outros animais eram ignorantes demais para entender. Por exemplo, Garganta dizia que os porcos tinham de dedicar enormes esforços todos os dias a coisas misteriosas chamadas "arquivos", "relatórios", "atas" e "memorandos". Tratavam-se de grandes folhas de papel que tinham de ser cobertas de escritos, e, quando assim cobertas, queimadas na fornalha. Isso era de suma importância para o bem-estar da fazenda, insistia em afirmar Garganta. Todavia, ainda assim, nenhum porco, ou cão, produzia alimentos através de seu trabalho, e havia uma grande quantidade deles, com excelentes apetites.

Quanto aos outros, até onde sabiam, a vida continuava igual à de sempre. De um modo geral, estavam sempre com fome, dormiam em palha, bebiam do lago, trabalhavam nos campos. No inverno, o frio era um problema, e, já no verão, as moscas é que eram. Às vezes, os mais velhos entre os animais forçavam a memória fraca, tentando determinar se, nos primeiros dias da Revolução, quando a expulsão de Jones ainda era um fato recente, as coisas costumavam ser melhores ou piores do que agora. Não conseguiam se recordar. Não havia nada com que pudessem comparar as suas vidas atuais. Não possuíam referencial, além dos valores estatísticos apresentados por Garganta, que invariavelmente demonstravam que as coisas estavam cada vez melhores. Para os animais, o problema parecia ser insolúvel. De qualquer modo, nao tinham tempo para perder com tais especulações. Apenas o velho Benjamin alegava se lembrar de cada detalhe da longa vida, e saber que as coisas jamais foram, nem jamais poderiam ser, muito melhores ou muito piores. Fome, dificuldades e decepções sempre foram a lei imutável da vida, afirmava.

No entanto, os animais jamais desistiam de ter esperanças. E mais, nunca perdiam, mesmo que por um breve instante, o senso de honra e privilégio de serem membros da Fazenda dos Bichos. Ainda era a única fazenda na região, em toda a Inglaterra, de propriedade dos animais e operada pelos próprios. Nenhum deles, nem os mais jovens, e nem os recém-chegados comprados de fazendas a quinze ou trinta quilômetros de distância, conseguia deixar de se admirar com isso. E, quando escutavam a espingarda disparar, ou viam a bandeira verde tremulando ao vento, sentiam o peito se estufar de incontido orgulho, e a conversa sempre se voltava para os heroicos dias de antigamente: da expulsão de Jones, do estabelecimento dos Sete Mandamentos, das grandes batalhas em que os invasores humanos haviam sido derrotados. Nenhum dos sonhos antigos fora abandonado. Ainda acreditavam na República dos Animais prevista pelo Major, quando os campos verdejantes da Inglaterra não seriam mais tocados por pés humanos. Ela aconteceria um dia, mais cedo ou mais tarde, talvez nem fosse durante a vida de qualquer animal agora vivo, mas ela aconteceria. Até mesmo a música "Bichos da Inglaterra" era secretamente cantarolada aqui e acolá. O fato é que todo animal da fazenda a conhecia, embora ninguém ousasse cantá-la em voz alta. Talvez suas vidas fossem duras, e nem todas as suas esperanças houvessem se concretizado, mas tinham consciência de que não eram iguais aos outros animais. Se passavam fome, não era porque tinham de alimentar os tirânicos seres humanos. Se trabalhavam duro, pelo menos trabalhavam para si mesmos. Nenhuma criatura entre eles caminhava sobre duas pernas. Nenhuma criatura chamava qualquer outra criatura de "dono". Todos os animais eram iguais.

Certo dia, no início do verão, Garganta ordenou que as ovelhas o seguissem, e as conduziu até um terreno baldio na outra extremidade da fazenda, que fora tomado por mudas de vidoeiro. As ovelhas passaram o dia inteiro ali roendo as brotações sob a supervisão de Garganta. Com o cair da noite, como estava quente, ele retornou sozinho para a casa principal da fazenda, ordenando que as ovelhas permanecessem onde estavam. No final das contas, lá ficaram por uma semana, tempo em que os outros animais da fazenda sequer viram sombra delas. Garganta passava a maior parte do dia com elas. De acordo com ele, estava ensinando para elas uma nova canção, e a privacidade era necessária.

Fora apenas após o retorno das ovelhas, em uma noite agradável, quando os animais haviam terminado o trabalho e estavam retornando para os galpões, que o relincho horrorizado de um cavalo ecoou vindo do pátio. Surpresos, os animais ficaram imóveis. Era a voz de Quitéria. Ela relinchou novamente, e os outros animais saíram galopando na direção do pátio. Então, viram o que Quitéria havia visto.

Viram um porco andando sobre as duas patas traseiras.

Sim, era Garganta. Um pouco desajeitadamente, como se ainda não estivesse acostumado a suportar o seu peso considerável naquela posição, mas com equilíbrio perfeito, ele estava caminhando pelo pátio. E, um instante mais tarde, da porta da casa principal da fazenda veio uma longa fila indiana de porcos, todos caminhando sobre as patas traseiras. Alguns se equilibravam melhor do que outros, um ou dois um estavam tanto quanto inseguros e davam a impressão de que teriam preferido o apoio de uma bengala, mas cada um deles conseguiu dar a volta no pátio com sucesso. E, por fim, escutou-se latidos bem altos vindo dos cães e um agudo cocoricó vindo do jovem galo negro, e Napoleão em pessoa apareceu, majestosamente empertigado, olhando com soberba de um lado para o outro, sempre rodeado pelos seus cães.

Ele trazia um chicote na pata.

Um silêncio mortal se abateu sobre o local. Incrédulos, apavorados, uns juntos aos outros, os animais observaram a comprida fila de porcos marchar ao redor do pátio.

Era como se o mundo estivesse de ponta-cabeça. E então veio o momento em que o choque inicial passou; e quando, apesar de tudo, apesar do medo dos cães, e do hábito, desenvolvido ao longo de anos de nunca reclamar, nunca criticar, independentemente do que pudesse acontecer, uma palavra de protesto poderia ter sido proferida. Contudo, naquele exato instante, como se previamente combinado, todas as ovelhas começaram a balir em alto e bom som:

- Quatro pernas bom, duas pernas MELHOR! Quatro pernas bom, duas pernas MELHOR! Quatro pernas bom, duas pernas MELHOR!

Baliram incessantemente durante cinco minutos. E, quando as ovelhas se calaram, a chance de proferir qualquer protesto fora perdida, pois os porcos já haviam marchado de volta para o interior da casa principal da fazenda.

Benjamin sentiu um focinho encostar na sua lateral. Olhou ao redor e se deparou com Quitéria. Os olhos velhos pareciam mais apagados do que nunca. Puxando-o gentilmente pela crina, ela o conduziu até o final do grande celeiro, onde os Sete Mandamentos estavam escritos. Por um ou dois minutos, ficaram fitando a parede marcada com as letras brancas.

— Minha visão não é mais a mesma — ela por fim falou. — Mesmo quando jovem, eu não conseguia ler o que estava escrito ali. Mas a parede parece estar diferente. Os Sete Mandamentos são os mesmos que costumavam ser, Benjamin?

Dessa vez, Benjamin concordou em ignorar a própria regra, e leu em voz alta o que estava escrito na parede. Agora, havia apenas um único Mandamento que dizia:

TODOS OS ANIMAIS SÃO IGUAIS
MAS ALGUNS SÃO MAIS IGUAIS DO QUE OS OUTROS

Depois disso, não pareceu estranho quando, no dia seguinte, todos os porcos que supervisionavam o trabalho na fazenda passaram a andar com chicotes nas patas. Ninguém ficou surpreso de saber que os porcos haviam comprado um aparelho de rádio, estavam providenciando a instalação de uma linha de telefone e fizeram assinaturas de vários jornais e revistas, como *John Bull* e o *Daily Mirror*. Ninguém estranhou quando Napoleão foi visto passeando pelo jardim com um cachimbo na boca; não, nem mesmo quando os porcos tiraram as roupas do Sr. Jones do armário e começaram a usá-las, o próprio Napoleão aparecendo com um casaco preto, calças de caça e polainas de couro, enquanto a sua porca favorita apareceu usando o vestido de seda claro que a Sra. Jones costumava vestir aos domingos.

Uma semana depois, na parte da tarde, uma variedade de charretes chegou à fazenda. Uma delegação de fazendeiros da região fora convidada para inspecionar a Fazenda dos

Bichos. O grupo percorreu toda a propriedade, expressando grande admiração por tudo que viram, em especial pelo moinho de vento. Os animais estavam limpando o campo dos nabos. Trabalhavam arduamente, mal desviando o olhar do chão, sem saber se deveriam ter mais medo dos porcos ou dos visitantes humanos.

Naquela noite, gargalhadas estrondosas e sons de cantoria vieram da casa principal da fazenda. E, subitamente, ante o som de vozes embaralhadas, os animais tiveram a sua curiosidade despertada. O que poderia estar acontecendo ali, agora que, pela primeira vez, animais e humanos estavam se reunindo em pé de igualdade? De comum acordo, esgueiraram-se o mais silenciosamente possível pelo jardim da casa principal da fazenda.

Hesitaram junto ao portão, com medo de seguir adiante, mas Quitéria tratou de mostrar o caminho. Pé ante pé, adiantaram-se até a casa, e os mais altos dos animais espiaram através da janela da sala de jantar. Ali, ao redor da comprida mesa, estavam sentados mei dúzia de fazendeiros e meia dúzia dos porcos mais eminentes. O próprio Napoleão ocupava um assento de honra na cabeceira da mesa. Os porcos davam a impressão de estar totalmente à vontade nas suas cadeiras. O grupo estava em meio a um jogo de cartas, que, por ora, parecia ter sido interrompido, evidentemente para fazerem um brinde. Uma enorme jarra estava circulando, e as canecas sendo completadas com cerveja. Ninguém notou os rostos embasbacados dos animais que espiavam através da janela.

O Sr. Pilkington, de Foxwood, ficou de pé com a caneca na mão. Em alguns instantes, pediria que os presentes o acompanhassem em um brinde. Contudo, antes de fazer isso, havia algumas palavras que ele se sentia no dever de dizer.

Era motivo de grande satisfação para ele, disse, e, tinha certeza, para todos os outros presentes, saber que um longo período de desconfiança e desentendimentos enfim chegara ao fim. Houve o tempo — não que ele, ou qualquer outro da presente companhia compartilhara de tais impressões, mas, — houve o tempo em que os respeitados proprietários da Fazenda dos Bichos eram vistos, ele não diria com hostilidade, mas, talvez, com uma certa desconfiança pelos vizinhos humanos. Acidentes infelizes ocorreram, ideias erradas foram implementadas. A impressão generalizada era de que a existência de uma fazenda de propriedade de e operada por porcos era de algum modo anormal, e poderia ter um efeito desestabilizador na região. Muitos fazendeiros presumiram, sem a devida informação, de que o espírito de permissividade e indisciplina imperaria em tal local. Ficaram nervosos com os efeitos que isso teria sobre os seus próprios animais, ou, até mesmo, sobre os seus empregados humanos. Mas, agora, todas essas dúvidas haviam sido dissipadas. Hoje, ele e os amigos haviam visitado a Fazenda dos Bichos, e inspecionado cada centímetro dela com os próprios olhos. E o que foi que encontraram? Não apenas os métodos mais modernos, mas disciplina e organização que deveriam servir de exemplo para fazendas em tudo quanto era lugar. Acreditava estar certo ao afirmar que os animais inferiores da Fazenda dos Bichos trabalhavam mais e recebiam menos alimentos do que qualquer outro animal na região. Na verdade, ele e os seus colegas visitantes haviam observado muitas funcionalidades que pretendiam introduzir imediatamente nas próprias fazendas.

Terminaria o seu discurso enfatizando que, mais uma vez, como deveria ser, laços de amizade existiam entre a Fazenda dos Bichos e os vizinhos. Entre porcos e seres humanos, não havia, e nem deveria haver, qualquer conflito de interesses que fosse. Suas lutas e dificuldades eram as mesmas. Os problemas de labuta não eram os mesmos em tudo quanto era lugar?

Ali, tornou-se aparente que o Sr. Pilkington iria agraciar o grupo com algum gracejo cuidadosamente elaborado, mas, por um instante, riu tanto da própria graça, que não conseguiu proferi-lo. Após muito tossir, seus diversos queixos chegando a ficar vermelhos, conseguiu dizer:

— Se vocês têm que lidar com os animais inferiores, nós temos as nossas classes inferiores!

O comentário espirituoso fez com que todos ao redor da mesa gargalhassem, e o Sr. Pilkington mais uma vez parabenizou os porcos pelas rações reduzidas, pelas longas horas de trabalho, e pela ausência generalizada de mimos que ele observara na Fazenda dos Bichos.

Por fim, pediu para que todos ficassem de pé e se certificassem de que as canecas estavam cheias.

— Cavalheiros — concluiu o Sr. Pilkington —, cavalheiros. Brindemos. À prosperidade da Fazenda dos Bichos!

A resposta foi uma entusiasmada ovação seguida de bater de palmas. Napoleão ficou tão agradecido que desceu de sua cadeira e deu a volta na mesa para encostar a sua caneca na do Sr. Pilkington, antes de esvaziá-la. Quando as ovações cessaram, Napoleão, que permanecera de pé, anunciou que ele também tinha algumas palavras a dizer.

Como todos os discursos de Napoleão, aquele foi breve e direto ao ponto. Disse que ele também estava feliz que o período de desentendimentos houvesse chegado ao fim. Por muito tempo, houve rumores, circulados, ele tinha motivos para crer, por algum inimigo maligno, que havia algo de subversivo (e até de revolucionário) nas intenções dele e dos colegas. Foram acusados de tentar deflagrar uma revolução entre os animais das fazendas vizinhas. Nada poderia estar mais longe da verdade! Seu único desejo, agora e no passado, sempre fora viver em paz e gozar de relações comerciais normais com os vizinhos. Aquela fazenda que ele tinha a honra de controlar, acrescentou, era uma empreitada cooperativa. Os títulos de propriedade, que estavam na posse dele, pertenciam conjuntamente aos porcos.

Prosseguiu dizendo não acreditar que as antigas desconfianças ainda estivessem presentes, mas que certas mudanças recentemente foram feitas na rotina da fazenda que deveriam ter o efeito de promover ainda mais a confiança. Até então, os animais da fazenda tinham o hábito idiota de chamarem uns aos outros de "camarada". Isso seria abolido. Também houvera o hábito estranho, cuja origem era desconhecida, de todo domingo de manhã passar marchando diante do crânio de um porco preso a um mastro no jardim. Isso também seria abolido, e o crânio já fora enterrado. Os visitantes também deveriam ter notado a bandeira verde tremulando no mastro. Se notaram, talvez tivessem percebido que o casco e chifres brancos que costumavam estar pintados nela haviam sido apagados. Doravante, seria uma simples bandeira verde.

Tinha apenas uma crítica a fazer no tocante ao excelente discurso de boa vizinhança do Sr. Pilkington. Várias vezes, ele se referiu à "Fazenda dos Bichos". O Sr. Pilkington não poderia saber, é claro, pois ele, Napoleão, estava apenas agora anunciando pela primeira vez que o nome "Fazenda dos Bichos" fora abolido. Doravante, a fazenda seria conhecida como a "Fazenda do Solar", que ele acreditava ser o seu nome original e correto.

— Cavalheiros — concluiu Napoleão —, erguerei o mesmo brinde de antes, mas de uma maneira diferente. Encham suas canecas. Cavalheiros, brindemos. À prosperidade da Fazenda do Solar!

A mesma ovação de antes se seguiu, e as canecas foram esvaziadas. Mas, para os animais que observavam a cena do lado de fora da janela, algo estranho parecia estar acontecendo. O que foi que mudara nos rostos dos porcos? Os olhos velhos de Quitéria iam de um rosto para o outro. Alguns pareciam ter cinco queixos, outros apenas quatro, alguns tinham três. Mas o que é que parecia estar derretendo e mudando? E então, tendo encerrado os aplausos, o grupo pegou as cartas e continuou o jogo interrompido. Os animais silenciosamente se afastaram das janelas.

Mal haviam se afastado vinte metros, quando interromperam o seu avanço. Uma gritaria estava vindo da casa principal da fazenda. Correram de volta, e espiaram novamente pelas janelas. Sim, estava havendo uma violenta discussão. Havia gritos, murros na mesa, olhares desconfiados, negações furiosas. A origem de todo o problema parecia ser que Napoleão e o Sr. Pilkington tinham ambos descartado uma às de espadas simultaneamente.

Doze vozes gritavam furiosamente, e elas eram todas parecidas. Agora, não havia dúvidas quanto ao que tinha acontecido com os rostos dos porcos. As criaturas do lado de fora da casa olhavam de homem para porco, e novamente de porco para homem, mas já era impossível saber qual era o quê.

Novembro 1943 — Fevereiro 1944

FIM

O AUTOR

Eric Arthur Blair, conhecido como George Orwell, nasceu em Motihari, no norte da Índia, em 1903.

Filho de um oficial britânico a serviço da Coroa e da filha de um comerciante de Myanmar, se mudou para a cidade inglesa de Sussex com sua família em 1911, quando ingressou em um internato preparatório e, posteriormente, foi aceito em duas escolas de elite: Winchester e Eton. Ao terminar o ensino médio, resolveu, contudo, não seguir com os estudos universitários e sim a tradição familiar de servir ao exército.

Orwell serviu à Polícia Imperial da Índia por cinco anos, o que talvez despertou seu ódio pelo imperialismo britânico. Em 1927, Orwell decidiu abandonar a carreira militar para se tornar escritor e escreveu seus primeiros rascunhos entre 1928 e 1929, em Paris, onde viveu em situação precária devido à falta de estabilidade financeira.

Em 1933, depois de lançar seu primeiro livro, em paris e Londres, já sob o pseudônimo de George Orwell, voltou à vida de combatente, lutando inclusive na Guerra Civil Espanhola.

Entre idas e vindas, publicou, nas décadas seguintes, romances, ensaios e textos jornalísticos, incluindo suas mais famosas obras *1984* e *A revolução dos bichos*.

Orwell morreu no dia 21 de janeiro de 1950, aos 46 anos, em Londres, por causa de um quadro de tuberculose e está enterrado na Igreja Anglicana All Saint's Churchyard, com as inscrições Eric Arthur Blair apenas, sem nenhum vestígio de seu pseudônimo.

INFORMAÇÕES SOBRE NOSSAS PUBLICAÇÕES
E ÚLTIMOS LANÇAMENTOS

instagram.com/pandorgaeditora
facebook.com/editorapandorga
editorapandorga.com.br